浮|世|雅|集
Selected Essays

陶渊明 苏 轼 等

吴嘉格

且向山水寻清音

编译

著

北京联合出版公司
Beijing United Publishing Co.,Ltd

目 录

山水

目录

青山看不厌，
流水趣何长。

——钱起

山水

陶渊明

归去来兮辞

1

此文写于陶渊明辞去彭泽县令之后，生动地描写了弃官回乡的喜悦心情，以及回家后的生活情趣和感受，表达了自己不为五斗米而折腰的气节，抒写了对归隐生活的热爱之情。

归去来兮，田园将芜胡不归！既自以心为形役，奚惆怅而独悲！悟已往之不谏，知来者之可追。实迷途其未远，觉今是而昨非。舟遥遥以轻飏，风飘飘而吹衣。问征夫以前路①，恨晨光之熹微。乃瞻衡宇②，载欣载奔。僮仆欢迎，稚子候门。三径就荒，松菊犹存。携幼入室，有酒盈樽。引壶觞以自酌，眄庭柯以怡颜③，倚南窗以寄傲，审容膝之易安④。园日涉以成趣，门虽设而常关。策扶老以流憩⑤，时矫首而遐观⑥。云无心以出岫⑦，鸟倦飞而知还。景翳翳以将入⑧，抚孤松而盘桓。

注释 ①征夫：行人。②衡宇：简陋的房屋。③眄（miǎn）：斜视，这里指随便看看。庭柯：庭院中的大树。④容膝：地方狭小，只能容得下自己的膝盖。⑤策：拄着。扶老：指拐杖。流：一说假借为"游"，周游。憩：休息。⑥矫首：举首，抬头。⑦岫：山峰。⑧翳翳：昏暗的样子。

归去来兮，请息交以绝游。世与我而相违，复驾言兮焉求？悦亲戚之情话，乐琴书以消忧。农人告余以春及，将有事于西畴⑨。或命巾车，或棹孤舟⑩，既窈窕以寻壑⑪，亦崎岖而经丘。木欣欣以向荣，泉涓涓而始流。羡万物之得时，感吾生之行休⑫。

已乎矣！寓形宇内复几时，曷不委心任去留⑬？胡为遑遑欲何之⑭？富贵非吾愿，帝乡不可期。怀良辰以孤往，或植杖而耘耔⑮。登东皋以舒啸⑯，临清流而赋诗。聊乘化以归尽⑰，乐夫天命复奚疑？

注释 — ⑨事：这里指农事。畴：田地。⑩棹：船桨。⑪窈窕：幽深曲折的样子。⑫行休：行将结束。⑬委心：随心。⑭胡为：一作"胡为乎"。⑮耘耔（zǐ）：培土除草，泛指田间劳作。⑯皋：水边的高地。⑰乘化：顺应万物变化的规律。归尽：死亡。

译文 一回去吧！田园将要荒芜，为什么不回去呢？既然自己将心灵被形体奴役，为什么惆怅和独自悲伤呢？醒悟了过去的事情不能挽回，知道未来还可以追求。走入迷途确实还不太远，认识到了今天的正确和昨天的错误。船摇荡着轻快地行驶，风轻轻吹动了衣襟。我向行人询问前面的路程，遗憾晨光微弱天还未亮。刚看到我简陋的房舍，我就一边满心喜悦一边飞奔前去。家童仆人迎接我，孩子们守候在家门。园中的小路即将被荒草掩盖，松树和菊花一如从前。我拉着孩子们进入屋内，屋里摆着盛满酒浆的酒樽。我拿起酒壶酒樽自斟，看着庭院里地树木，脸上露出了会心的笑颜。我倚靠着南窗寄托傲世的情怀，深知这个狭窄的小屋能让我感到舒适而安稳。每日在园中漫步成了我的乐趣，小园虽然有门，但往往紧闭着。我挂着拐杖时而游赏时而休憩，偶尔抬起头来向远方眺望。白云无心，飘出山峦，鸟儿飞累了也知道归巢。日光暗了下来，将要隐没，我抚摸着孤松流连忘返。

回去吧！让我告别世俗的交游。世道既与我心相违，我还驾车四处奔波寻求些什么？乡里故人谈心让我愉快，弹琴读书为乐，排遣忧愁。农人们告诉我春天来到，他们将在西边的田地中耕种劳作。我有时驾着有帷幕的车，有时划着孤独的小舟。既探寻那幽深曲折的山谷，也走过那崎岖坎坷的山丘。树木欣欣向荣，泉水涓涓流淌。我羡慕万物生长正得其时，感叹自己的一生行将结束。

算了吧！寄身于天地之间还能有多少时日，为什么不顺着自己的心意来决定去留？为什么心神不定地想要追求些什么？富贵不是我心所愿，神仙世界不可希求。趁着这大好时光我将独自闲游，有时也会放下手杖下田除草培苗。登上东边的水边高地放声长啸，在清澈的溪流旁把诗歌吟唱。姑且顺随着自然的变化了此一生吧，乐于听从天命还有什么值得疑虑的？

2

桃花源记

本文是陶渊明《桃花源诗》的序言。作者用引人入胜的手法，将人们引入一个与世隔绝的人间仙境，表达了自己对美好生活的向往。本文虚构了一个没有纷争、人们过着幸福安宁生活的理想世界，这既是作者的一种寄托，又表现了他对当时社会的不满与批判。

晋太元中①，武陵人捕鱼为业②。缘溪行，忘路之远近。忽逢桃花林，夹岸数百步，中无杂树，芳草鲜美，落英缤纷。渔人甚异之。复前行，欲穷其林。

林尽水源，便得一山，山有小口，仿佛若有光。便舍船从口入。初极狭，才通人；复行数十步，豁然开朗。土地平旷，屋舍俨然③，有良田、美池、桑竹之属。阡陌交通④，鸡犬相闻。其中往来种作，男女衣著，悉如外人；黄发垂髫⑤，并怡然自乐。

见渔人，乃大惊，问所从来，具答之。便要还家⑥，设酒杀鸡作食。村中闻有此人，咸来问讯。自云先世避

注释 一 ①太元：东晋孝武帝年号。②武陵：郡名，在今湖南常德。③俨然：形容整齐的样子。④阡陌：田间小路。⑤黄发垂髫：指老人和孩子。⑥要：通"邀"。

秦时乱，率妻子邑人来此绝境⑦，不复出焉，遂与外人间隔。问今是何世，乃不知有汉，无论魏晋。此人一一为具言所闻，皆叹惋。余人各复延至其家，皆出酒食。停数日，辞去。此中人语云："不足为外人道也。"

既出，得其船，便扶向路，处处志之。及郡下，诣太守说如此。太守即遣人随其往，寻向所志，遂迷，不复得路。

南阳刘子骥⑧，高尚士也，闻之，欣然规往⑨，未果，寻病终。后遂无问津者。

注释 — ⑦邑人：同乡的人。⑧刘子骥：南阳人，当时的隐士。⑨规：计划，打算。

译文 — 晋太元年间，武陵有个人以打鱼为生。他顺着小溪划船前行，忘了路程有多远。忽然遇到一片桃花林，林子沿着溪岸有几百步，其中没有别的树，芳草鲜嫩美丽，落花纷乱。渔人感到非常诧异。又往前走，想走到这林子的尽头。

桃花林的尽处是溪水的源头，于是出现一座山，山上有个小洞口，隐约有些光亮。渔人便舍了船从洞口进去。山洞刚开始十分狭窄，只容一人通过；又走了几十步，眼前豁然开朗。面前土地平坦宽广，房舍整整齐齐，有肥沃的田地、美丽的池塘和桑树竹子之类的景物。田间的小路交错相通，鸡鸣狗叫的声音彼此相应。在这里人们在来来往往，耕种劳作，男女的衣着装束，完全和外面的人一样。老人和小孩儿都安适自在，悠然自得。

他们看见渔人，于是很吃惊，询问他自哪里来，渔人详细地回答了他们。于是就有人邀请渔人到自己家里去，备酒杀鸡做饭菜来款待他。村中的人听说来了这样一个人，都来问这问那。他们自己说祖先为了躲避秦时的祸乱，带着妻子儿女及乡邻来到这个与世隔绝的地方，就再没有出去过了，也就与外面的人断绝了往来。他们问现在是什么朝代，竟然不知道曾经有过汉朝，更不要说魏和晋了。渔人把自己的见闻详尽地讲给他们听，他们都感叹、惋惜不已。其余的人又各自邀请渔人到自己家中，都拿出酒饭来招待他。住了几天后，渔人告辞离去。那里的人嘱咐他说："这里的情况不值得向外人说。"

渔人出来后，找到他的船，就沿着来路返回，一路上处处做好标记。到了郡里，渔人去拜见太守，报告了这些情况。太守立即派人随他前往，寻找之前做好的标记，终于迷失了方向，再也没找到那条路。

南阳刘子骥是个志趣高尚的名士，听说这事后，兴致勃勃地计划前往寻访，但是没有实现，不久便病死了。从此以后，就再也没有探访桃花源的人了。

兰亭集序

3

东晋穆帝永和九年三月三日，王羲之和当时的一些名士在浙江会稽的兰亭举行了一次盛大的诗酒聚会。他们在溪水旁饮酒赋诗，后来他们把这些诗歌汇编成集，取名为《兰亭集》。本文是王羲之为《兰亭集》所写的序，他在文中描绘了这次聚会的盛况，并由良辰美景之乐引发出对人生倏忽的无限感慨。

永和九年①，岁在癸丑。暮春之初，会于会稽山阴之兰亭②，修禊事也③。群贤毕至，少长咸集。此地有崇山峻岭，茂林修竹，又有清流激湍，映带左右，引以为流觞曲水④。列坐其次，虽无丝竹管弦之盛，一觞一咏，亦足以畅叙幽情。是日也，天朗气清，惠风和畅⑤。仰观宇宙之大，俯察品类之盛，所以游目骋怀，足以极视听之娱，信可乐也。

夫人之相与，俯仰一世。或取诸怀抱，晤言一室之内⑥；或因寄所托，放浪形骸之外。虽趣舍万殊⑦，静躁不同，当其欣于所遇，暂得于己，快然自足，不

注释 ①永和：东晋穆帝年号。②会（kuài）稽：郡名，在今浙江绍兴。③修禊（xì）：古代农历三月上旬的巳日在水边举行的清除不祥的祭礼。④流觞：修禊时的一种活动，是将酒杯放在曲水之上，任其漂流，漂到谁面前谁就要饮酒。曲水：曲折回环的溪水。⑤惠风：和风。⑥晤：一作"悟"。⑦趣舍：取舍。

知老之将至。及其所之既倦，情随事迁，感慨系之矣。向之所欣，俯仰之间，已为陈迹，犹不能不以之兴怀。况修短随化，终期于尽。古人云："死生亦大矣。"岂不痛哉？

每览昔人兴感之由，若合一契⑧，未尝不临文嗟悼，不能喻之于怀。固知一死生为虚诞⑨，齐彭殇为妄作⑩。后之视今，亦犹今之视昔，悲夫！故列叙时人，录其所述。虽世殊事异，所以兴怀，其致一也。后之览者，亦将有感于斯文。

注释 ⑧契：古人做交易时的凭证，分为两半，双方各持其一。⑨一死生：庄子认为生死犹如太阳朝升暮落一样自然，所以生不足喜，死不足哀。⑩彭：彭祖，传说中活了八百岁的长寿之人。殇：夭折的人。

— 永和九年是癸丑年，暮春的月初，我们在会稽郡山阴县的兰亭集会，举行禊饮活动。众多贤才都到了，老老少少都会聚在这里。这里有崇山峻岭、茂林修竹，又有清澈湍急的溪流辉映环绕在兰亭左右，我们将溪水引来曲水流觞。大家依次在落座，虽然没有丝竹管弦齐奏的盛大场面，但一杯酒、一首诗，也足以畅谈心中的高雅情怀。这一天，天气晴朗，空气清新，春风和煦。我们抬头观看宇宙的无垠，俯身细察万物品种的繁多，用来舒展眼力，开阔胸怀，足够极尽视听的欢娱，实在十分快乐。

说起人与人的相互交往，低头与抬头之间，便已过了一世。有的人把胸怀抱负与朋友在小屋里面对面地交谈；有的人则凭借寄托外物，放任自适，怡然自得。虽然追求和舍弃的东西千差万别，性格的喜静好动各不相同，但当他们对所接触的事物感到高兴时，一时感到自得，快乐满足，忘记了衰老将要到来。等到厌倦了所追求的东西，感情随着事物的变迁而变化，感慨便与事情关联在一起。以前热爱的，转眼已化为旧迹，尚且不能不因为它引发心中的感触。何况寿命长短听凭造化，最终还是归于消灭。古人说："死生毕竟是大事啊。"这怎么能不让人痛心呢？

每当看到前人所以感慨的缘由，和自己的感想竟然像符契一样相合，总难免要在前人的文章面前叹息感伤，心里不能说明白。本来就知道把死生视为等同是虚妄的，把长寿的彭祖与夭折的少年看作一样是荒谬的。后人看待今人，正如今人看待前人一样，这实在让人悲伤！因此，我把到会者的姓名一个一个记下来，抄录了他们所作的诗篇，虽然时代不同，世事有别，然而引发感慨的缘由大都相同。后世看到的人，也会对这些诗篇有感慨吧。

滕王阁序

4

唐高宗上元二年，王勃前往交趾去探望父亲，途中路过滕王阁，恰逢都督阎某重九日在滕王阁大宴宾客。王勃被邀请参加宴会，写下《滕王阁序》。这篇文章由洪州地势、人才写到宴会，又写滕王阁的壮丽，后面转而抒怀，表达自己怀才不遇的悲凉情感和『穷且益坚』的积极进取的精神。全文声色并陈，情景俱佳，历来为人所传诵。

南昌故郡①，洪都新府。星分翼轸，地接衡庐。襟三江而带五湖，控蛮荆而引瓯越②。物华天宝，龙光射牛斗之墟③；人杰地灵，徐孺下陈蕃之榻。雄州雾列，俊彩星驰。台隍枕夷夏之交④，宾主尽东南之美。都督阎公之雅望，棨戟遥临⑤；宇文新州之懿范，襜帷暂驻⑥。十旬休暇⑦，胜友如云；千里逢迎，高朋满座。腾蛟起凤，孟学士之词宗；紫电清霜，王将军之武库。家君作宰，路出名区；童子何知，躬逢胜饯。

注释 ——— ①南昌：一作"豫章"。②蛮荆：指楚地。引：连接。瓯越：指浙江南部和福建一带。③龙光：宝剑的光芒。墟：位置，区域。④台隍：指洪州城。⑤棨（qǐ）戟：有缯衣的戟，古代官员外出时的仪仗。⑥襜（chān）帷：车子的帷幔。⑦暇：一作"假"。

时维九月，序属三秋。潦水尽而寒潭清，烟光凝而暮山紫。俨骖騑于上路⑧，访风景于崇阿，临帝子之长洲，得仙人之旧馆。层峦耸翠，上出重霄；飞阁流丹，下临无地。鹤汀凫渚，穷岛屿之萦回；桂殿兰宫，列冈峦之体势。

披绣闼⑨，俯雕甍⑩，山原旷其盈视，川泽盱其骇

注释 — ⑧骖(cān)騑(fēi)：驾车的马。⑨闼(tà)：门。⑩甍(méng)：屋脊。

睢⑪。闾阎扑地⑫，钟鸣鼎食之家；舸舰迷津⑬，青雀黄龙之舳。虹销雨霁，彩彻云衢⑭，落霞与孤鹜齐飞，秋水共长天一色。渔舟唱晚，响穷彭蠡之滨⑮；雁阵惊寒，声断衡阳之浦⑯。

遥吟俯畅⑰，逸兴遄飞⑱，爽籁发而清风生⑲，纤歌凝而白云遏。睢园绿竹⑳，气凌彭泽之樽㉑；邺水朱

注释 — ⑪盱：一作"纾"，睁大眼睛。骇瞩：对所看到的景物感到吃惊。⑫闾阎：里巷的门，此指房屋。扑地：遍地。⑬迷：一作"弥"。⑭虹销雨霁，彩彻云衢：一作"云销雨霁，彩彻区明"。衢（qú）：四通八达的道路。⑮彭蠡（lǐ）：即鄱阳湖。⑯衡阳之浦：传说大雁向南飞到衡阳的回雁峰就不再南行。⑰遥吟俯畅：一作"遥襟甫畅"。⑱遄（chuán）：快，迅速。⑲爽籁：参差不齐的箫管声。⑳睢（suī）园：汉梁孝王在睢水边修建的竹园。㉑彭泽：指陶渊明，他曾任过彭泽令。

华[22]，光照临川之笔[23]。四美俱，二难并。穷睇眄于中天[24]，极娱游于暇日。天高地迥，觉宇宙之无穷；兴尽悲来，识盈虚之有数。望长安于日下[25]，指吴会于云间[26]。地势极而南溟深[27]，天柱高而北辰远[28]。关山难越，谁悲失路之人？萍水相逢，尽是他乡之客。怀帝阍

注释 — [22]邺水朱华：曹植在邺创作《公宴诗》，其中有"秋兰被长阪，朱华冒绿池"。[23]临川：指南朝诗人谢灵运，他曾任临川内史。[24]睇（dì）眄（miǎn）：斜视，顾盼。[25]日下：太阳落下之处，即极远处。[26]吴会：吴郡和会稽郡。[27]南溟：即"南冥"，南方的大海。[28]天柱：古代神话传说中的支天之柱，在昆仑山。

而不见[29]，奉宣室以何年[30]？

嗟乎！时运不齐，命途多舛。冯唐易老，李广难封。屈贾谊于长沙，非无圣主；窜梁鸿于海曲，岂乏明时？所赖君子安贫[31]，达人知命。老当益壮，宁移白首之心？穷且益坚，不坠青云之志。酌贪泉而觉爽[32]，处

注释 — [29]帝阍（hūn）：皇宫的大门，这里指京城。[30]宣室：古代帝王居住的正室。[31]安贫：一作"见机"。[32]酌贪泉而觉爽：典出《晋书》，广州有水名贪泉，相传饮此水者即廉士亦贪，吴隐之为广州刺史，饮贪泉而更加清廉。

涸辙以犹欢^㉝。北海虽赊，扶摇可接；东隅已逝^㉞，桑榆非晚^㉟。孟尝高洁，空怀报国之心；阮籍猖狂，岂效穷途之哭？

勃，三尺微命^㊱，一介书生。无路请缨，等终军之弱冠^㊲；有怀投笔，慕宗悫之长风^㊳。舍簪笏于百龄^㊴，

注释 — ㉝涸辙：干涸了的车辙，比喻困境，典出《庄子》。㉞东隅：东方日出之处，引申为"早晨"。㉟桑榆：夕阳的余晖照在桑榆树梢上，指黄昏。㊱三尺：古代的士佩戴三尺长的绅，因此以"三尺"指地位卑微。㊲终军：西汉人，曾奉命劝说南越归顺，请求皇帝赐予长缨，前往南越后被杀，年仅二十岁。弱冠：二十岁。㊳宗悫（què）：南朝宋的将军，他的叔父曾问他志向，他回答说："愿乘长风破万里浪。"㊴簪笏：冠簪和手版，代指官员或官职。

奉晨昏于万里。非谢家之宝树[40]，接孟氏之芳邻[41]。他日趋庭，叨陪鲤对[42]；今晨捧袂[43]，喜托龙门。杨意不逢，抚凌云而自惜；钟期既遇，奏流水以何惭？

呜呼！胜地不常，盛筵难再；兰亭已矣，梓泽丘墟[44]。临别赠言，幸承恩于伟饯；登高作赋，是所望于

注释 — [40]谢家之宝树：谢太傅问诸子侄："人们为什么希望子弟优秀？"车骑将军谢玄答："譬如芝兰玉树，人们都希望它们出自自己的门庭。"后以"谢家宝树"比喻能光耀门庭的子侄。[41]孟氏之芳邻：借用"孟母三迁"的典故，指宴会上的宾主都是值得结交、学习的贤人。[42]趋庭、鲤对：孔子曾在儿子孔鲤走过庭前的时候对他进行教育，后以"趋庭"指儿子接受父亲教导，以"鲤对"指晚辈回答长辈的教诲。叨（tāo）：谦辞。[43]晨：一作"兹"。[44]梓泽：又名金谷园，西晋石崇修建，极尽奢华。

群公。敢竭鄙诚，恭疏短引^⑤；一言均赋，四韵俱成。请洒潘江，各倾陆海云尔^⑥：

滕王高阁临江渚，佩玉鸣鸾罢歌舞。

画栋朝飞南浦云，珠帘暮卷西山雨。

闲云潭影日悠悠，物换星移几度秋。

阁中帝子今何在？槛外长江空自流。

注释 — ⑤疏：撰写。引：序言。⑥潘江、陆海："潘"指潘岳，"陆"指陆机，《诗品》中说"陆才如海，潘才如江"，"潘江""陆海"指潘岳、陆机那样的文才。

译文 — 南昌是旧时豫章郡的郡治，如今是洪州的都督府。它处在翼、轸二星的分野，所处地域与庐山和衡山相接。它以三江为衣领，以五湖为衣带，控制着楚地，连接着闽越。这个地方汇聚了万物的精华、上天的瑰宝，此处发掘的宝剑的光芒直冲到了牛、斗二星之间；此地人中多俊杰，大地有灵秀，徐孺子就曾经使太守陈蕃为他特设卧榻。雄伟的州城像烟雾腾起，杰出的人才像流星一样来往飞驰。洪州城坐落在荆楚和华夏交接的要害之地，主人与宾客，集中了东南地区的英俊之才。声名远播的阎都督，打着仪仗远道而来；德行美好的新州宇文刺史，乘着车驾到此地暂作停留。此时正逢十日的休假，才华出众的友人们云集于此；迎接相隔千里的客人，贵宾坐满宴席。文坛领袖孟学士，他的文章气势像腾起的蛟龙、飞舞的彩凤；王将军的武库里，紫电宝剑凛若霜色。家父到交趾出任县令，我因而路过这个有名的地方；我一个小孩子懂得什么，竟也有幸参与这样盛大的宴会。

正值九月，从季节的顺序上说已经是深秋了。雨后的积水已尽，寒潭清澈；烟光雾气凝结，晚山笼罩在一片紫色当中。我在大道旁收拾起车马，在崇山峻岭中遍访风景，来到昔日帝子的长洲，找到仙人居住过的宫殿。重叠的山峦托起一片苍翠，高高的山峰向上直指云霄。凌空架起的高阁朱红的油漆色彩飞动，俯视看不见地面。仙鹤栖宿的平滩和野鸭聚集的小洲，极尽岛屿曲折回环的景致；桂树与木兰建成的宫殿，以山峦起伏的态势排列。

打开精美的阁门，俯瞰华丽的屋脊，山峰平原尽收眼底，湖泊水泽令人瞠目。房舍遍地，是钟鸣鼎食的权贵人家；船舸密布渡头，都装饰着青雀黄龙的船首。彩虹退尽，雨过天晴，云朵映得缤纷绚烂。落霞与孤飞的野鸭一齐翱翔，秋水与无边的天空浑然一色。渔舟唱晚而归，歌声响遍鄱阳湖畔；雁阵因寒而惊叫，叫声消失在衡阳水边。

遥望长吟，俯瞰而觉欢畅，很快生发出无限豪情逸致。洞箫奏起，清风吹来；轻柔的歌声仿佛凝住不散，白云也为它停留。像睢园竹林的聚会，这里的人，酒量超过彭泽县令陶渊明；像邺水咏荷花那样的才气，这里的人文采光华与谢灵运辉映。良辰、美景、赏心、乐事，四件美事都凑在一起，贤主、嘉宾两者难得欢聚一堂。放眼远望长空，在闲暇的日子里尽情欢乐。天高地远，感到宇宙的无穷无尽；兴尽悲来，认识到事物的兴衰成败有定数。远望日落处的长安，遥指云海间的吴越。地势到了尽头，南海幽深；天柱高耸，北极星遥远。关山难以越过，谁怜惜失意之人？萍水相逢，都是他乡来客。思念皇帝的宫阙却不能看见，宣室奉召还得等到何年？

唉！时机运气不好，命运多有不顺。冯唐容易衰老，李广难得封侯。贾谊被贬到长沙，并非没有圣明的君主；梁鸿逃到海边，难道因为没碰到政治清明的时代？可以依凭的是君子能够安于贫贱，通达的人能够知道自己的命运罢了。年老但志气应当更为旺盛，怎能在白头时改变本心？处境越是艰难，意志越应该坚定，不能放弃远大崇高的理想。即使喝了贪泉的水，也觉得神清气爽；即使处在干涸的车辙中，也能保持乐观。北海虽然遥远，乘着旋风可以到达；少年的时光已经流逝，珍惜将来的岁月还不算太晚。

孟尝品行高洁，却空怀着一腔报国的热情；阮籍狂放不羁，又怎能像他那样在无路可走时便恸哭而返？

我王勃地位卑微，一介书生而已。我没有门路请缨报国，已和终军一样是弱冠之年；有投笔从戎的志向，仰慕宗悫"乘风破浪"的壮心。如今我舍弃一生的功名富贵，到万里之外去早晚侍奉双亲。我不是谢玄那样的人才，却也结交诸位名家。日后到父亲跟前，恭敬地聆听他的教诲；今晨来此谒见，心情振奋，好似鲤鱼跳上了龙门。司马相如倘若没有遇上杨得意，也只能拍着他的凌云之赋而叹息；我今天遇上了钟子期那样的知音，奏一曲《流水》又有什么羞愧呢？

唉！名胜不能长存，盛宴难以再逢。兰亭的聚会已远去，金谷园也成了废墟。离别时写几句话作为纪念，有幸蒙受恩惠而参加了这次宴会；至于登高作赋，只能期望在座的诸公了。我冒昧地用尽鄙陋的诚心，恭敬地写下了这篇小序；我的一言铺陈出来，已经写下了四韵八句。请各位倾洒潘岳如江之文思、陆机如海之才气：

滕王高阁临江渚，佩玉鸣鸾罢歌舞。

画栋朝飞南浦云，珠帘暮卷西山雨。

闲云潭影日悠悠，物换星移几度秋。

阁中帝子今何在？槛外长江空自流。

钴鉧潭西小丘记

柳宗元

5

柳宗元因为政敌迫害，被贬到永州做司马，由于职务清闲，常常寄情于山水，写下了不少富有闲情逸致的诗文，其中就有著名的『永州八记』。这篇文章就是其中的一篇。在文中，柳宗元介绍了小丘的位置、丘上的怪石景观，他在观景时发现不少乐趣，并慨叹小丘的无人赏识，实际上借此抒发自己遭贬黜、怀才不遇的苦闷。

得西山后八日，寻山口西北道二百步，又得钴鉧潭①。西二十五步，当湍而浚者为鱼梁②。梁之上有丘焉，生竹树。其石之突怒偃蹇③，负土而出，争为奇状者，殆不可数。其嵚然相累而下者④，若牛马之饮于溪；其冲然角列而上者，若熊罴之登于山。丘之小不能一亩，可以笼而有之。问其主，曰："唐氏之弃地，货而不售。"问其价，曰："止四百。"余怜而售之。李深源、元克己时同游，皆大喜，出自意外。即更取器用⑤，铲刈秽草，伐去恶木，烈火而焚之。嘉木立，美竹露，奇石显。由其中以望，则山之高，云之浮，溪

注释 — ①钴（gǔ）鉧（mǔ）潭：潭水名，因形状像熨斗而得名。钴鉧：熨斗。②浚（jùn）：深。鱼梁：用石砌成的拦截水流、中开缺口以便捕鱼的堰。③偃（yǎn）蹇（jiǎn）：形容山石错综高耸的样子。④嵚（qīn）然：山势高峻的样子。⑤更取：轮流拿着。

之流，鸟兽之遨游，举熙熙然回巧献技，以效兹丘之下⑥。枕席而卧，则清泠之状与目谋⑦，瀯瀯之声与耳谋⑧，悠然而虚者与神谋，渊然而静者与心谋。不匝旬而得异地者二⑨，虽古好事之士，或未能至焉。

噫！以兹丘之胜，致之沣、镐、鄠、杜⑩，则贵游之士争买者，日增千金而愈不可得。今弃是州也，农夫渔父过而陋之，价四百，连岁不能售。而我与深源、克己独喜得之，是其果有遭乎⑪？书于石，所以贺兹丘之遭也。

注释 — ⑥效：献出，尽力。⑦清泠：形容景色清凉明澈。⑧瀯（yíng）：指水流声。⑨匝：满。旬：十天。⑩沣（fēng）、镐、鄠（hù）、杜：长安附近的地名。⑪遭：运气。

译文 — 找到西山后的第八天，沿着山口向西北走上二百步，又发现了钴鉧潭。潭西二十五步远，那水流湍急的地方是鱼梁。鱼梁上有个小土丘，上面生长着竹子树木。小丘上的岩石，突出隆起、高然耸立、破土而出、争奇斗怪的，多得快要数不清。那些倾斜重叠着延伸向下的，就像牛马在溪边饮水；那些猛然前突，像兽角一样排列向上的，就像熊罴向山上攀登。小丘很小，不到一亩，仿佛可以把它装到笼子里占有它。我问小丘的主人关于小丘的情况，他回答说："这是唐家不要的地方，想出售却卖不出去。"我问小丘的价格，他回答说："只需要四百金。"我出于喜爱便买下了它。当时李深源、元克己二人与我同游，都喜出望外，认为这是意想不到的收获。我们即刻便轮流拿来各种工具，铲除杂草，砍掉难看的树木，并放火将它们烧掉。美好的树木挺立出来，秀美的竹林露出本来的容颜，奇异的山石凸现出来。从小丘中央向四外望去，只见山峰高峻，云彩飘浮，溪水流淌，鸟兽邀游，万物都快乐地呈现出巧妙的姿态，献出各自的技艺，在小丘之下表演着。铺开席子卧在上面，眼睛看到的是清澈明净的景色，耳朵听到的是潺潺的水声，悠远空阔的天空撩动遐思，幽深静谧的环境与心灵相合。

我花了不到十天时间就寻得了两处胜景，即使是古代喜欢游历的人，也未必能做到啊。

唉！以小丘这样的美景，假如把它放到长安附近的沣、镐、鄠、杜等地，爱好游乐的贵族富人们一定会争相购买，它的身价会日增千金却越发不能购得。现在它被废弃在这永州，农人渔夫路过也不屑一顾，价钱四百金，多年都卖不出去。而唯独我和李深源、元克己得到它并感到高兴，这小丘是注定有这样的运气吗？我将这篇文章写在石头上，用来祝贺这小丘的好运气。

6

柳宗元

小石城山记

本文是『永州八记』中的第八篇，作者在文中描绘了小石城的地形、景色，感叹这样的美好景致却被置于蛮荒之地。文章借景抒情，抒发了贤者遭弃的满腔幽愤。

自西山道口径北，逾黄茅岭而下，有二道：其一西出，寻之无所得；其一少北而东，不过四十丈，土断而川分，有积石横当其垠。其上为睥睨梁欐之形①，其旁出堡坞，有若门焉。窥之正黑，投以小石，洞然有水声②，其响之激越，良久乃已。环之可上，望甚远。无土壤而生嘉树美箭③，益奇而坚，其疏数偃仰，类智者所施设也。

噫！吾疑造物者之有无久矣。及是，愈以为诚有。又怪其不为之于中州，而列是夷狄，更千百年不得一售其伎，是固劳而无用，神者傥不宜如是，则其果无乎？

注释 一 ①睥睨：城墙上如齿状的矮墙。梁欐（lì）：栋梁。②洞然：象声词。③箭：竹子。

或曰："以慰夫贤而辱于此者。"或曰："其气之灵，不为伟人，而独为是物，故楚之南少人而多石。"是二者，余未信之。

从西山路口一直往北，越过黄茅岭往下走，有两条路：其中一条向西，沿着这条路寻去，一无所获；另一条路稍微偏北又向东伸展，往前走不过四十丈，土地被隔断，河流流出，有一个由积石构成的小山冈横挡在河岸上。山的上面好像城上的矮墙或房梁，山冈的旁边耸出一座石堡，仿佛有个门一样的洞口。从洞往里探望，一片漆黑，丢一块小石子进去，有"扑通"的水响声，那回声激扬清越，许久才消失。绕着小山而行可以上去，那里可以瞭望很远的地方。这里没有土壤，却生长着嘉树美竹，显得格外奇异坚挺。竹木的分布疏密高低恰到好处，好像智慧之人精心设计的。

啊！我很久之前便开始怀疑到底有没有造物主了。到了这里，越发认为真的是有的。但又奇怪它不把这些景物造在中原，却偏偏将它安放在这夷狄的蛮荒之地，过个千百年也不得一显它的技艺，这实在是劳而无功啊，神灵似乎不会这样做。那么它果真是不存在的吗？有人说："把景致安放在这里是用来安慰那些被贬官到此地的贤人的。"又有人说:"天地间的灵秀之气不造就伟人,却独钟情于物类,所以楚地的南部少伟人而多奇石。"对于这两种说法,我都不相信。

7

愚溪诗序

本文作于柳宗元被贬永州期间，表面上描写愚溪的景色，说明以『愚』命名各个景点的缘由，表达他对奇山异水的喜爱，实际上借景自喻，抒发自己被贬而不能有所作为的愤懑之情。

灌水之阳①，有溪焉，东流入于潇水②。或曰："冉氏尝居也，故姓是溪为冉溪。"或曰："可以染也，名之以其能，故谓之染溪。"余以愚触罪，谪潇水上，爱是溪，入二三里，得其尤绝者家焉。古有愚公谷，今余家是溪，而名莫能定，土之居者犹龂龂然③，不可以不更也，故更之为愚溪。

愚溪之上，买小丘，为愚丘。自愚丘东北行六十步，得泉焉，又买居之，为愚泉。愚泉凡六穴，皆出山下平地，盖上出也。合流屈曲而南，为愚沟。遂负土累石④，塞其隘，为愚池。愚池之东为愚堂，其南为愚

注释 — ①灌水：湘江支流，发源于今广西东北部的灌阳县。②潇水：湘江支流，源出今湖南道县的潇山。③龂龂(yín)：争辩的样子。④负土累石：运土堆石。

亭，池之中为愚岛。嘉木异石错置，皆山水之奇者，以余故，咸以愚辱焉。

夫水，智者乐也。今是溪独见辱于愚，何哉？盖其流甚下，不可以灌溉；又峻急，多坻石⑤，大舟不可入也；幽邃浅狭，蛟龙不屑，不能兴云雨。无以利世，而适类于余，然则虽辱而愚之，可也。

宁武子"邦无道则愚"⑥，智而为愚者也；颜子"终日不违如愚"⑦，睿而为愚者也。皆不得为真愚。今余遭有道，而违于理，悖于事，故凡为愚者，莫我若也。夫然，则天下莫能争是溪，余得专而名焉。

注释 — ⑤坻（chí）：水中小块高地。⑥宁武子：春秋时卫国大夫。⑦颜子：即颜回，孔子的得意门生。

溪虽莫利于世，而善鉴万类，清莹秀澈，锵鸣金石⑧，能使愚者喜笑眷慕，乐而不能去也。余虽不合于俗，亦颇以文墨自慰⑨，漱涤万物，牢笼百态，而无所避之。以愚辞歌愚溪，则茫然而不违，昏然而同归，超鸿蒙⑩，混希夷⑪，寂寥而莫我知也。于是作《八愚诗》，记于溪石上。

注释 — ⑧锵（qiāng）鸣金石：指水能发出金石般的响声。⑨文墨：指写作。⑩鸿蒙：指宇宙形成前的混沌状态。⑪希夷：形容一种无声无色、虚寂微妙的境界。

译文 — 灌水的北面有一条小溪，向东流入潇水。有人说："曾经有位姓冉的人在这儿住过，所以把这条溪称为冉溪。"又有人说："这溪水可以用来染色，人们依据它的功用来命名，所以称它为染溪。"我因为愚昧无知而得罪，被贬谪到潇水边来，喜欢上了这条溪水，沿着溪水上溯两三里，找到了一个风景极佳的地方安了家。古时候有个愚公谷，如今我在这条溪水旁边安家，可溪水的名字没有确定下来，当地居民还在争论不休，不能不给它改个名字了，因此改称它为愚溪。

我在愚溪的上游买下一个小山丘，称它为愚丘。从愚丘向东北行走六十步，寻得了一处泉水，我又将它买了下来居住，称它作愚泉。愚泉总共有六个泉眼，都分布在山丘下面的平地上，原来泉水是从这里向上涌出的。泉水汇合后弯弯曲曲地往南流走，形成了一条水沟，我又称它作愚沟。后来我运土堆石，堵住狭窄的泉水通道，修筑了愚池。愚池的东边是愚堂，南面有愚亭，水池中央的是愚岛。秀美的树木和奇异的石头错落分布，都是山水中的奇景，因为我，它们都被愚字所玷辱了。

水，是聪明之人喜爱的。现在这条溪水却独独被愚字所辱没，这是为什么呢？因为它水道很低，不能用来灌溉；又险峻湍急，有很多浅滩和石头，大船进不去；它地处偏僻，水浅而溪狭，蛟龙不屑居住在这里，因为不能兴云作雨。这溪水没有能有利于世人的，却恰好和我相似，因此即便玷辱了它，以愚字为它冠名，也是可以的。

宁武子"在国家政治昏乱的时候，便显得很愚笨"，那是聪明人故意装作愚人；颜回"整天不发表不同的见解，好像很愚蠢"，那是有智慧的人貌似愚笨。这都不算真的愚蠢。如今我在政治清明的年代，却做出与事理相悖的事情，因此所有愚蠢的人中，没有像我这么愚蠢的。也正因为如此，天下的人谁也不能和我争这条溪水，我可以独享并给它命名。

愚溪虽然对世人没有什么用处，但它善于映照万物，晶莹透彻，发出金石般悦耳的声响，能使愚人心情愉快，笑口常开，心生爱慕、眷恋，快乐以至不能离开它。我虽然不能与世俗合流，也很能用文章来安慰自己，用文字洗涤各种事物，捕捉它们的千姿百态，而不用刻意回避什么。我用愚笨的文辞来歌颂愚溪，感到茫然自失而不觉有违事理，昏昏然之间又好像与它同归一处，超越了宇宙时空，融入一片寂静当中，在寂寥间达到了忘我的境界。因此我写下《八愚诗》，并记在溪边的石头上。

石钟山记

8

这篇文章写于苏轼由黄州到汝州的途中。在到达鄱阳湖时,苏轼游了一趟石钟山,此文写的就是游石钟山引发的感慨。文章先列举前人令人怀疑的解释,再写自己游览石钟山时的所见所闻,最后写自己的感慨,告诫人们对于没有亲身体验的事物不要轻易下结论。

《水经》云："彭蠡之口有石钟山焉。"郦元以为下临深潭，微风鼓浪，水石相搏，声如洪钟。是说也，人常疑之。今以钟磬置水中，虽大风浪不能鸣也，而况石乎！至唐李渤始访其遗踪①，得双石于潭上。扣而聆之，南声函胡②，北音清越，枹止响腾③，馀音徐歇。自以为得之矣。然是说也，余尤疑之。石之铿然有声者，所在皆是也，而此独以钟名，何哉？

元丰七年六月丁丑④，余自齐安舟行适临汝⑤，而长子迈将赴饶之德兴尉⑥。送之至湖口，因得观所谓石钟者。

注释 — ①李渤：唐代诗人，曾撰文对石钟山名字的由来做过解释。②函胡：同"含糊"。③枹（fú）：鼓槌，这里指敲击。④元丰：宋神宗年号。⑤齐安：今湖北黄冈。临汝：今河南汝州。⑥迈：即苏迈，苏轼长子。饶：饶州，在今江西鄱阳。德兴：今江西德兴。

寺僧使小童持斧，于乱石间择其一二扣之，硿硿然^⑦。余固笑而不信也。至其夜月明，独与迈乘小舟至绝壁下。大石侧立千尺，如猛兽奇鬼，森然欲搏人；而山上栖鹘^⑧，闻人声亦惊起，磔磔云霄间^⑨；又有若老人欬且笑于山谷中者，或曰："此鹳鹤也^⑩。"余方心动欲还，而大声发于水上，噌吰如钟鼓不绝^⑪。舟人大恐。徐而察之，则山下皆石穴罅^⑫，不知其浅深，微波入焉，涵澹澎湃而为此也^⑬。舟回至两山间，将入港口，有大石当中流，可坐百人，空中而多窍，与风水相吞吐，有窾坎镗鞳之声^⑭，与向之噌吰者相

注释 — ⑦硿（kōng）：金石相撞击的声音。⑧鹘：鸷鸟名，即隼。⑨磔磔（zhé）：鸟鸣声。⑩鹳鹤：鸟名。⑪噌（chēng）吰（hóng）：形容钟声洪亮。⑫罅（xià）：裂缝，缝隙。⑬涵澹：水波荡漾的样子。⑭窾（kuǎn）坎镗（tāng）鞳（tà）：形容钟鼓的声音。

应，如乐作焉。因笑谓迈曰："汝识之乎？噌吰者，周景王之无射也；窾坎镗鞳者，魏庄子之歌钟也。古之人不余欺也！"

事不目见耳闻而臆断其有无，可乎？郦元之所见闻殆与余同[15]，而言之不详；士大夫终不肯以小舟夜泊绝壁之下，故莫能知；而渔工水师虽知而不能言，此世所以不传也。而陋者乃以斧斤考击而求之[16]，自以为得其实。余是以记之，盖叹郦元之简，而笑李渤之陋也。

译文 —《水经》上说："鄱阳湖的湖口，有一座石钟山。"郦道元认为，石钟山下临深潭，微风吹动波浪，波浪和山石两相碰撞，声响像洪钟一样的。对这种说法，人们常常表示怀疑。现在将钟、磬放在水中，即便再大的风浪也无法使它们鸣响，更何况是石头呢！到了唐朝，李渤寻访过郦道元所记述的石钟山的遗址，在深潭之上取得两块石头，将两块石头相叩击，然后聆听，只觉得南边的声音模糊不清，北边的声音清脆悠扬。停止叩击后声音还在上升，余音慢慢才消失。李渤自以为解开了奥秘。但对他的这种说法，我还是有所怀疑。能够发出铿然之声的石头比比皆是，但是只有此地以钟为名，究竟为什么?

元丰七年六月丁丑这一天，我从齐安乘舟到临汝去，我的大儿子苏迈正好要到饶州去任德兴县尉。我送他到了湖口，因此得以看到了所谓的石钟山。

庙里的僧人让小童拿着斧头，在乱石中间选一两处敲打它，发出了硿硿的响声。我当然笑笑不相信。到了那天夜里月光明亮时，我单独带了迈儿乘着小舟来到绝壁之下。巨大的石壁耸立在水边，高达千尺，如同猛兽奇鬼，阴森森的好像要向人扑来。而在山上栖息的鹘鸟，听到了人的声音，也惊叫着飞了起来，在云霄间磔磔地叫着。又听见像老人在山谷中边咳边笑的声音，有人说："这是鹳鹤。"我刚刚感到有些害怕，打算返回，水上发出了巨大的响声，声音洪亮如钟鼓，连续不断。船夫十分惊恐。我们缓慢地察看，原来山的下面都是些孔洞石缝，无法判断它们的深浅，小水波灌进其中，荡漾澎湃之间便发出了这种声音。船回到两山之间，即将进入港口时，有一块大石头挡在水中间，它的上面能坐一百个人，中空而多孔，与风和水互相吞吐，发出窾坎镗鞳的声音，与方才听到的钟鼓之声互相应和，好似演奏音乐一般。我因此笑着对迈儿说："你知道吗，发出如钟鼓一样声响的，是周景王的无射大钟；而发出窾坎镗鞳声音的，是魏庄子的编钟。古人并没欺骗我们！"

凡事不亲眼看到亲耳听到就主观决断它的有无，这可以吗？郦道元的所见所闻大概和我的相同，但是没有详细地记述下来；士大夫终究不肯夜泊小舟于绝壁之下，所以无法知晓其中道理；渔人船夫虽然知道，却不会记述表达，这就是石钟山名字的由来不能流传于世的原因。然而，见识浅薄的人用斧头一类的东西敲击石头来探求它，自己以为得到了真相。我因此记录下来，是叹惜郦道元记事的简略，讥笑李渤的见识浅陋罢了！

前赤壁赋

9

宋神宗年间，苏轼因为『乌台诗案』被贬谪黄州，其间他游览附近山水，写下不少名篇，其中就有《前赤壁赋》。赤壁是三国时的古战场，苏轼所去的黄州赤壁矶，并非赤壁之战的原址。本文记述了作者与客人在月夜泛舟赤壁时的情景，阐发了『变』与『不变』的哲理，体现了作者对人生意义的关怀，也表现了作者旷达洒脱的人生态度。

壬戌之秋①，七月既望，苏子与客泛舟游于赤壁之下。清风徐来，水波不兴。举酒属客②，诵明月之诗，歌窈窕之章。少焉，月出于东山之上，徘徊于斗牛之间③。白露横江，水光接天。纵一苇之所如④，凌万顷之茫然。浩浩乎如冯虚御风⑤，而不知其所止；飘飘乎如遗世独立，羽化而登仙。

于是饮酒乐甚，扣舷而歌之。歌曰："桂棹兮兰桨，击空明兮溯流光⑥。渺渺兮予怀，望美人兮天一方。"客有吹洞箫者，依歌而和之。其声呜呜然，如怨如慕，如泣如诉，余音袅袅⑦，不绝如缕。舞幽壑之潜蛟，泣

注释 ① 壬戌：宋神宗元丰五年。②属：同"嘱"，这里指敬酒，劝酒。③斗牛：即牛宿和斗宿。④一苇：指小船。⑤冯虚：凭空，凌空。冯：通"凭"。⑥溯：逆水而上。⑦袅袅：形容声音绵长。

孤舟之嫠妇⑧。

苏子愀然⑨，正襟危坐而问客曰："何为其然也？"

客曰："'月明星稀，乌鹊南飞'，此非曹孟德之诗乎？西望夏口，东望武昌，山川相缪⑩，郁乎苍苍。此非孟德之困于周郎者乎？方其破荆州，下江陵，顺流而东也，舳舻千里⑪，旌旗蔽空，酾酒临江⑫，横槊赋诗⑬，固一世之雄也，而今安在哉？况吾与子渔樵于江渚之上，侣鱼虾而友麋鹿，驾一叶之扁舟，举匏樽以相属⑭。寄蜉蝣于天地⑮，渺沧海之一粟，哀吾生之须臾，羡长江之无穷。挟飞仙以遨游，抱明月而长终。知不可

注释 ⑧嫠（lí）妇：寡妇。⑨愀（qiǎo）然：形容神色变得严肃。⑩缪（liǎo）：同"缭"，盘绕。⑪舳（zhú）舻（lú）：泛指船只。⑫酾（shī）：斟酒。⑬槊（shuò）：长矛。⑭匏（páo）樽：像瓢一样的酒器。⑮蜉蝣：虫名，寿命极短。

乎骤得，托遗响于悲风。"

苏子曰："客亦知夫水与月乎？逝者如斯，而未尝往也；盈虚者如彼⑯，而卒莫消长也。盖将自其变者而观之，则天地曾不能以一瞬；自其不变者而观之，则物与我皆无尽也，而又何羡乎？且夫天地之间，物各有主；苟非吾之所有，虽一毫而莫取。惟江上之清风，与山间之明月，耳得之而为声，目遇之而成色，取之无禁，用之不竭。是造物者之无尽藏也，而吾与子之所共适⑰。"

客喜而笑，洗盏更酌。肴核既尽⑱，杯盘狼藉。相与枕藉乎舟中⑲，不知东方之既白。

注释 ⑯彼：此处指月亮。⑰适：享受。⑱核：果品。⑲藉（jiè）：垫着。

译文 — 壬戌年的秋天，七月十六日，我和客人泛舟在赤壁之下游玩。清风徐徐地吹来，水面上波澜不惊。我举起酒杯，邀客人同饮，吟诵起"明月"诗篇的"窈窕"一章。过了一会儿，月亮从东山上升起，徘徊在斗宿、牛宿之间。白蒙蒙的雾气笼罩了江面，波光闪动的水面遥接着天边。我们任凭小舟自由漂流，游走在浩渺无垠的江面上。江水浩瀚，船儿像凌空驾风而行，不知道将飘向何方；身体轻盈，像独立于尘世之外，要生出翅膀飞升成仙。

这时候，我们喝着酒，心中非常快乐，敲着船舷唱起歌来。歌词说："桂木做的棹啊兰木做的桨，拍击着清澈明亮的江水啊，在月光浮动的江面上逆水而上。我的情思悠远深沉啊，遥望美人，在天的另一方。"有一位会吹洞箫的客人，随着歌声伴奏，那箫声呜咽，像在埋怨，像在思慕，像在抽泣，又像在倾诉，余音悠长，像细丝一样连绵不绝，深渊里潜藏的蛟龙都要为之起舞，孤舟中的寡妇都要为之哭泣。

我不禁黯然神伤，整理好衣襟，端坐着问客人说："为什么吹奏这么悲凉的音乐？"

客人回答说："'月明星稀，乌鹊南飞。'这不是曹孟德的诗句吗？从这里向西望去是夏口，向东望去是武昌，山水连绵，一片苍茫，这不就是曹操被周瑜打败的地方吗？当曹操夺取荆州，攻下江陵，顺江东下的时候，战船连接千里，旌旗遮蔽天空，他斟酒临江，横握长矛赋诗，确实是一世的豪杰，可如今身归何处呢？何况我和你在江中的小洲上捕鱼砍柴，以鱼虾为伴，以麋鹿为友，驾着一叶小舟，举着葫芦酒杯互相劝酒，如同蜉蝣置身于广阔的天地中，渺小得像大海里的一粒米，悲叹我们生命的短暂，羡慕长江的无尽。愿拉着神仙而遨游，抱着明月相守而长存。我知道这样的愿望没法轻易实现，于是将箫声的余音寄托在悲凉的风中。"

我说："你也知道那水和月的道理吗？流逝的正如这江水，但它并没有真正逝去；时而圆时而缺的就像那月亮，但它始终没有消损和增长。如果从变化的角度去看，那么天地间的万事万物，没有一刻能够保持不变；如果从不变的角度去看，那么事物和我们本身都不会有穷尽的时候，又有什么可羡慕的呢？更何况天地之间，万事万物都有着自己的主宰，如果不是属于我们的东西，即使是一丝一毫也不能得到。只有江上的清风与山间的明月，耳朵听到了，就成了声音，眼睛看到了，就成了色彩，没人禁止我们得到它们，我们享用它们也没有枯竭的时候。这是大自然无穷无尽的宝藏，是我和你可以共同享受的东西。"

客人高兴地笑了起来，洗净了酒杯，重斟再饮。菜肴和果品都已经吃完，酒杯和盘子杂乱地放着。我们相互枕着靠着在船里睡着了，不知不觉间，东方已经露出了黎明的曙光。

10

后赤壁赋

苏轼

苏轼在秋夜游赏过赤壁之后，于当年的冬天重游赤壁，并写下了这篇文章。此文先写重游赤壁的原因，然后写泛舟、登览赤壁时的见闻，最后写梦中见到羽化成仙的道士，反映出作者企图超脱尘世的思想。本文与《前赤壁赋》呼应，两篇文章都体现了苏轼旷达超脱的人生境界。

是岁十月之望，步自雪堂①，将归于临皋②。二客从予，过黄泥之坂。霜露既降，木叶尽脱，人影在地，仰见明月。顾而乐之③，行歌相答。

已而叹曰："有客无酒，有酒无肴。月白风清，如此良夜何！"客曰："今者薄暮，举网得鱼，巨口细鳞，状如松江之鲈。顾安所得酒乎？"归而谋诸妇。妇曰："我有斗酒，藏之久矣，以待子不时之需。"

注释 — ①雪堂：苏轼被贬到黄州后在黄冈城外东坡所筑，堂在雪中建成，他又将四壁画上雪景，因此得名。②临皋：亭名。③顾：看。

于是携酒与鱼，复游于赤壁之下。江流有声，断岸千尺，山高月小，水落石出。曾日月之几何，而江山不可复识矣！予乃摄衣而上^④，履巉岩^⑤，披蒙茸^⑥，踞虎豹^⑦，登虬龙^⑧，攀栖鹘之危巢，俯冯夷之幽宫^⑨，盖二客不能从焉。划然长啸，草木震动，山鸣谷应，风起水涌。予亦悄然而悲，肃然而恐，凛乎其不可留也。反而登舟，放乎中流，听其所止而休焉。时夜将

注释 ——④摄衣：撩起衣襟。⑤巉（chán）：险峻。⑥蒙茸：杂乱的草丛。⑦踞：蹲守。虎豹：指形状像虎豹的石头。⑧虬龙：指形状像虬龙的树木。⑨冯夷：传说中黄河的河伯，也泛指水神。

半，四顾寂寥。适有孤鹤，横江东来，翅如车轮，玄裳缟衣⑩，戛然长鸣，掠予舟而西也。

须臾客去，予亦就睡。梦一道士，羽衣翩跹，过临皋之下，揖予而言曰："赤壁之游乐乎？"问其姓名，俯而不答。"呜呼噫嘻！我知之矣。畴昔之夜⑪，飞鸣而过我者，非子也耶？"道士顾笑，予亦惊寤。开户视之，不见其处。

注释 一 ⑩玄：黑色。缟：白色。⑪畴昔：往日，这里指昨日。

译文 — 这一年的十月十五日，我从雪堂走路出发，准备回到临皋去。两位客人和我一道经过黄泥坂。霜露已经降下，树叶全部掉光，人影在地上，抬起头来看见一轮明月。我和客人们相视而笑，边走边相互唱和应答。

过了一会儿，我叹息说："有客没有酒，有酒没有菜，月色皎洁，风儿这么清，我们应该如何享受这个美好的夜晚呢？"一位客人说："今天傍晚，我网到了一条鱼，那鱼大嘴巴，小鳞片，看起来像是松江鲈鱼。可是到哪里去弄到酒呢？"我回到家后找妻子商量。妻子说："我有一斗酒，保存好久了，就是为你临时需要而准备的。"

我们于是带了酒和鱼，又去赤壁下面游赏。江里的流水发出声响，江岸上的峭壁高达千尺。山峰高耸，月亮显得很小，江水落去，江石显露了出来。这才过了多少时日啊，这江水与山石的面貌就叫人认不出来了。我便撩起衣襟上岸，走在险峻的山路之上，拨开杂乱的野草，坐在形如虎豹的山石上，爬上状如虬龙的古树，攀着猛禽栖息的高高的鸟巢，下望水神冯夷的深宫。那两位客人不能跟上我。我放声长啸，草木为之震动，高山为之鸣响，深谷为之呼应，大风刮起，江水奔涌。我也忽然感到悲伤，感到恐惧，害怕得不想停留。我们返回到小舟之上，把船撑到了江心，任凭它漂流到哪里，我们就在那里停泊。这时将近半夜了，环顾四周，一片寂寥。恰巧出现了一只白鹤，横穿大江，从东面飞来，翅膀有如车轮大小，黑裙白衣，戛然长鸣了一声，掠过我们的小船向西飞去了。

一会儿，客人走了，我也沉沉睡去。我梦见了一个道士，他穿着羽毛做的衣服，轻快地从临皋亭下经过，他向我拱手作揖说："这次的赤壁之游尽兴吗？"我询问他的姓名，他却低头不语。"哎呀！我知道了。昨天晚上，一边飞一边叫经过我的小船的，不是你吗？"道士回头对我笑了笑，我也从梦中惊醒。打开房门一看，没有他的踪影。

11

游褒禅山记

王安石

本文借游赏而说理，前面写褒禅山得名的由来，以及跟几位友人一起游褒禅山前后二洞的经历；后面转而说理，指出必须有毅力、能力、客观条件支持，才能做到深入探索。由游山延伸到治学，具有很好的教育意义。

褒禅山亦谓之华山[1]。唐浮图慧褒始舍于其址[2]，而卒葬之。以故其后名之曰褒禅。今所谓慧空禅院者，褒之庐冢也。距其院东五里，所谓华山洞者，以其乃华山之阳名之也。距洞百余步，有碑仆道，其文漫灭，独其为文犹可识，曰"花山"。今言"华"如"华实"之"华"者，盖音谬也。

其下平旷，有泉侧出，而记游者甚众，所谓"前洞"也。由山以上五六里，有穴窈然[3]，入之甚寒，问其深，则其好游者不能穷也，谓之"后洞"。予与四人拥火以入[4]，入之愈深，其进愈难，而其见愈奇。有怠

注释 — ①褒禅山：在今安徽含山北。②浮图：今作"浮屠"，在这里指和尚。③窈然：幽深的样子。④拥火：手持火把。

而欲出者，曰："不出，火且尽。"遂与之俱出。盖予所至，比好游者尚不能十一，然视其左右，来而记之者已少。盖其又深，则其至又加少矣。方是时，予之力尚足以入，火尚足以明也。既其出，则或咎其欲出者，而予亦悔其随之，而不得极乎游之乐也。

于是予有叹焉。古人之观于天地、山川、草木、虫鱼、鸟兽，往往有得，以其求思之深而无不在也。夫夷以近，则游者众；险以远，则至者少。而世之奇伟、瑰怪、非常之观，常在于险远，而人之所罕至焉，故非有志者不能至也；有志矣，不随以止也，然力不足者，亦不能至也；有志与力，而又不随以怠，至于幽暗昏惑而无物以相之⑤，亦不能至也。然力足以至焉，于人为可讥，而在己为有悔。尽吾志也而不能至者，可以无悔矣，其孰能讥之乎？此予之所得也。

予于仆碑，又以悲夫古书之不存，后世之谬其传而莫能名者⑥，何可胜道也哉！此所以学者不可以不深思而慎取之也。

四人者：庐陵萧君圭君玉⑦，长乐王回深父⑧，予弟安国平父、安上纯父。

注释 —⑤相（xiàng）：辅助。⑥谬其传：道听途说。⑦庐陵：今江西吉安。⑧长乐：今福建长乐。

褒禅山也称作华山。唐代的和尚慧褒曾经在这里筑室居住，死后又葬于此地，因此后人就称这座山为褒禅山。今天人们所说的慧空禅院，就是慧褒和尚的房舍和坟墓。距离那禅院东边五里的地方，就是人们所说的华山洞，因为它在华山南面，所以这样命名。距离山洞一百多步，有一座石碑倒在路旁，碑上的文字经过剥蚀变得模糊不清，只有"花山"两个字还能勉强辨认出来。现在将"华"字读成"华实"的"华"，大概是读音上的错误吧。

山下平坦而空阔，旁边有一股山泉涌出，在这里来游览、题记的人很多，这就是人们说的"前洞"。由山路向上五六里的地方，有个洞穴，一派幽深的样子，走进去感到寒气逼人，打听它的深度，据说即便那些最喜欢游玩的人，也没有走到它的尽头，人们叫它"后洞"。我与四个人拿着火把走进去，入洞越深，路就越难行走，但所见到的景象也越奇妙。有人走累了，想要退出去，说："要是再不出去，火把就要烧完了。"我们于是跟着他一同出来了。大概我们走进去的深度，比起那些喜欢游历探险的人来说，还不足他们的十分之一，然而看看左右，来到这里并题记的人已经很少了。大概洞内更深的地方，到达的人就更少了。在这个时候，我的体力还足以继续深入下去，火把还足够继续照明。出了洞后，就有人埋怨那个提议出来的人，我也后悔跟着出来，错过极尽游洞的乐趣。

因此我大发感慨。古人观察天地、山川、草木、虫鱼、鸟兽，往往有心得，因为他们探究、思考得深邃而且广泛。那些平坦而又容易到达的地方，游览的人就会很多；那些险阻而又偏远的地方，游览的人便会很少。然而，世上那些奇妙雄伟、珍异奇特、非同寻常的景观，往往位于那险阻僻远、人迹罕至的地方。所以不是有志的人是不能到达的；有志向，不盲从别人而停止，但是体力不足的，也不能到达；有了志向与体力，也不盲从别人而懈怠，但到了那幽深昏暗、令人迷惑的地方，却没有必要的物件来支持，也是不能到达的。然而在力量足以到达的时候却没有到达，对别人而言是可以讥笑的，对自己来说也是有遗憾的。尽了自己的努力而未能达到的，可以毫无遗憾了，谁还能讥笑他呢？这是我的心得。

我对于那些倒在地上的石碑，又因此悲哀古书没能保存。后世的人以讹传讹无法说明的事情，哪里说得完呢？这就是做学问的人不可以不深入思考、慎重取舍的原因啊。

同游的四人是：庐陵的萧君圭，字君玉；长乐的王回，字深父；我的弟弟安国，字平父；安上，字纯父。

乐游花木萧萧雨，

梓泽亭台淡淡风。

——王冕

亭台

12

永州韦使君新堂记

柳宗元

永州韦刺史修建了一处新堂，柳宗元参观了这个新堂，并为它写下这篇文章。此文先写名胜难得，做好铺垫；再写新堂没有修建前的荒芜境况，与修建之后的形象形成鲜明对比；而后写新堂的景致优美；最后赞扬韦刺史的仁义，希望后继者能够效法他。

将为穹谷、嵌岩、渊池于郊邑之中①，则必辇山石②，沟涧壑③，陵绝险阻，疲极人力，乃可以有为也。然而求天作地生之状，咸无得焉。逸其人，因其地，全其天，昔之所难，今于是乎在。

永州实惟九疑之麓④。其始度土者，环山为城。有石焉，翳于奥草⑤；有泉焉，伏于土涂⑥。蛇虺之所蟠⑦，狸鼠之所游。茂树恶木，嘉葩毒卉⑧，乱杂而争植，号为秽墟。

韦公之来既逾月⑨，理甚无事。望其地，且异之。始命芟其芜⑩，行其涂。积之丘如，蠲之浏如⑪。既焚

注释 — ①穹谷：深谷。嵌（kān）岩：高峻的岩石。②辇：用车运送。③沟：沟通。④九疑：即九嶷山，在今湖南省宁远县南。⑤翳：遮蔽。⑥涂：污泥。⑦虺（huǐ）：毒蛇。⑧葩：花。⑨韦公：时任永州刺史。⑩芟（shān）：割除。⑪蠲（juān）：清除，疏通。浏：水清澈的样子。

既疏⑫，奇势迭出，清浊辨质，美恶异位。视其植，则青秀敷舒；视其蓄，则溶漾纡馀⑬。怪石森然，周于四隅，或列或跪，或立或仆，窍穴逶邃⑭，堆阜突怒。乃作栋宇，以为观游。凡其物类，无不合形辅势，效伎于堂庑之下⑮。外之连山高原，林麓之崖，间厕隐显；迤延野绿，远混天碧，咸会于谯门之内⑯。

已乃延客入观，继以宴娱。或赞且贺曰："见公之作，知公之志。公之因土而得胜，岂不欲因俗以成化？公之释恶而取美⑰，岂不欲除残而佑仁？公之蠲浊而流清，岂不欲废贪而立廉？公之居高以望远，岂不欲家抚

注释 — ⑫疏（shī）：疏导。⑬溶漾：水波动荡的样子。⑭逶邃：曲折深远。⑮庑（wǔ）：堂下周围的廊屋。⑯谯门：有望楼的城门。⑰释：一作"择"，舍弃。

而户晓？夫然，则是堂也，岂独草木、土石、水泉之适欤？山、原、林、麓之观欤？将使继公之理者，视其细，知其大也。"

宗元请志诸石，措诸壁，编以为二千石楷法[18]。

想要在城邑中营造出深谷、陡壁、深渊等，那就必须用车子运来山石，开凿山涧沟壑，逾越险阻，耗尽人力，才可以办到。然而想得到那种天造地设的景观，完全不能做到。不必耗费人力，因地制宜，保全其天然之美，在过去是难以办到的，现在在永州出现了。

永州实际上是在九嶷山的山麓。最早来这里测量规划的人，围着山修筑了永州城。这里有山石，遮蔽在杂草丛中；有泉水，掩埋在污泥之下。这里是毒蛇穿梭、野兽出没的地方，嘉树与恶木，鲜花与毒草，混杂在一处，竞相生长，被称为荒凉污秽的地方。

韦公来到永州已经有一个多月了，政事治理方面平安无事。他望见这块地方，感到很不寻常，就派人割除荒草，除掉淤泥。铲下来的草堆积如山，疏浚后的泉水晶莹清澈。等到将杂草焚烧干净，泉水疏通完毕，奇妙的景致便层出不穷，清与浊分辨开了，美与丑不再混杂。看那里的植物，苍翠清丽，舒展繁茂，看那积水，微澜荡漾，曲折环绕。奇形怪状的石头林立，环绕四周，有的排列成行，有的如同跪拜，有的站立，有的卧倒，洞穴曲折深邃，土山堆叠突兀。于是在那里修筑厅堂，用来游览。所有这些景物，无不与地形地势相辅相成，似乎在大厅下廊屋四周呈献它们的特色。外面连绵的山脉和高原，林木覆盖的山脚、崖壁，或隐或现地参加进来；近处绵延碧绿的原野，远处与蓝天相融，这一切都汇集到城门内来了。

而后邀请客人们前来参观，接着设宴娱乐。有人边赞美边祝贺说："看到韦公的作为，便知道您的志向。您因地制宜而得如此胜景，难道不是想顺应民间习俗而教化民众吗？您铲除恶木毒草而保留嘉树鲜花，难道不是意味着要除暴安良吗？您清除污浊而使水流变得清澈，难道不是意味着要惩治腐败而提倡廉洁吗？您登高而望远，难道不是想要千家万户的百姓都得到安抚并知晓您的政令吗？如果从这些角度来看，那这座大堂，难道仅仅是为了欣赏草木、土石、泉流而修建的？难道是为了欣赏山峰、高原、山林而修建的？它将使继您之后来治理永州的人，都能够从这精巧的景致中悟出为政的大道理啊！"

我请求将上述内容铭刻在石碑上，置于墙中，并编辑成册，以作为刺史们借鉴的典范。

黄冈竹楼记

王禹偁

13

王禹偁是宋初名臣，宋真宗咸平二年（公元999年），他被贬为黄州刺史。他在黄州修建了两座竹楼，楼成后写作此文。文章通过对修建竹楼的描写，表达了作者在谪居中寓情山水、豁达自适、随遇而安的生活态度，但作者并没有对世事完全忘怀，在表面的平静之下，仍能感受到他的激愤之情。

黄冈之地多竹，大者如椽。竹工破之，刳去其节^①，用代陶瓦，比屋皆然，以其价廉而工省也。

子城西北隅，雉堞圮毁^②，蓁莽荒秽。因作小楼二间，与月波楼通。远吞山光，平挹江濑^③，幽阒辽夐^④，不可具状。夏宜急雨，有瀑布声；冬宜密雪，有碎玉声。宜鼓琴，琴调虚畅^⑤；宜咏诗，诗韵清绝；宜围棋，子声丁丁然^⑥；宜投壶^⑦，矢声铮铮然：皆竹楼之所助也。

注释 — ①刳（kū）：剖，挖空。②雉（zhì）堞（dié）：古代城墙上掩护守城人用的矮墙。③挹（yì）：汲取，舀。江濑（lài）：沙滩上的急流。④阒（qù）：寂静。夐（xiòng）：远。⑤虚畅：声音悠扬。⑥丁（zhēng）丁（zhēng）：象声词。⑦投壶：古时的一种游戏，把箭投入壶中，按投中的多少分胜负。

公退之暇，被鹤氅，戴华阳巾⑧，手执《周易》一卷，焚香默坐，消遣世虑。江山之外，第见风帆沙鸟、烟云竹树而已。待其酒力醒，茶烟歇，送夕阳，迎素月，亦谪居之胜概也。

彼齐云、落星，高则高矣；井幹、丽谯⑨，华则华矣。止于贮妓女，藏歌舞，非骚人之事⑩，吾所不取。

吾闻竹工云："竹之为瓦，仅十稔⑪。若重覆之，得二十稔。"噫！吾以至道乙未岁，自翰林出滁上，丙

注释 — ⑧华阳巾：道士戴的一种帽子。⑨齐云、落星、井幹（hán）、丽谯（qiáo）：都是有名的华丽楼阁。⑩骚人：风雅之士。⑪稔：本义为庄稼成熟，谷一熟为一年，此处代指年。

申移广陵^⑫，丁酉又入西掖^⑬，戊戌岁除日，有齐安之命，己亥闰三月，到郡。四年之间，奔走不暇，未知明年又在何处，岂惧竹楼之易朽乎？幸后之人与我同志，嗣而葺之^⑭，庶斯楼之不朽也。

咸平二年八月十五日记。

注释 ——⑫广陵：今江苏扬州。⑬西掖：指中书省。⑭嗣：接续，继任。葺（qì）：修缮。

黄冈地区盛产竹子，大的粗如椽子。竹工破开它，削去竹节，用来代替陶瓦，每家都用它盖房子，因为它价格便宜而且省工。

黄冈子城西北角的城垛子都塌毁了，长着茂密的野草，一片荒秽。我于是盖了两间小竹楼，与月波楼互相连通。登上竹楼，远山的风光尽收眼底，平视浅沙流水，幽静寂寥，高远空阔，无法一一描绘出来。夏天适宜有急雨，雨声有如瀑布声；冬天适宜有密雪，雪落发出玉碎之声。适宜抚琴，琴声和畅悠扬；适宜吟诗，诗韵清新绝俗；适宜下棋，棋子丁丁清响；适宜投壶，箭声铮铮动听：都是竹楼助力的。

公事办完后的闲暇时间里，披着鹤氅衣，戴着华阳巾，手持一卷《周易》，焚香默坐，驱散尘世中的杂念。除了水色山光之外，只看到风帆沙鸟、烟云竹树。等到酒意退去，煮茶的烟火熄灭，送走夕阳，迎来皓月，这也是谪居生活的快乐之处啊。

那齐云楼和落星楼，高倒是很高；井干楼和丽谯楼，华丽倒是很华丽，但它们只不过是用来贮藏妓女和能歌善舞的人罢了，不是风雅之士的所作所为，是我所不屑去做的。

我听竹工说："竹子做屋瓦，只能用十年，如果覆盖两层竹瓦，可以支持二十年。"唉！我在至道乙未那年，由翰林学士而贬到滁州，丙申年调到扬州，丁酉年又到中书省任职，戊戌年的除夕，奉命调到齐安，己亥年闰三月，到了齐安郡城。四年之中，奔走不停，不知道明年身在何处，还怕竹楼容易损坏吗？希望接任者和我有同样的志趣，继续修整它希望这座竹楼永远都不会朽坏。

咸平二年八月十五日写下此文。

14

书洛阳名园记后

李格非

李格非曾写过《洛阳名园记》，记述了洛阳城十九座名园的盛景。这篇文章从洛阳名园的兴废联想到洛阳城的盛衰，而洛阳城的盛衰又关系着天下的治乱。他列举了唐朝王公贵戚奢侈淫乐导致亡国的事迹，告诫统治者引以为戒，表达了作者对北宋国势危殆的忧虑。

洛阳处天下之中，挟殽、渑之阻①，当秦、陇之襟喉，而赵、魏之走集②，盖四方必争之地也。天下常无事则已，有事则洛阳必先受兵③。予故尝曰："洛阳之盛衰，天下治乱之候也。"

方唐贞观、开元之间，公卿贵戚开馆列第于东都者，号千有余邸。及其乱离，继以五季之酷④，其池塘竹树，兵车蹂蹴⑤，废而为丘墟；高亭大榭⑥，烟火焚燎，化而为灰烬，与唐共灭而俱亡，无余处矣。予故尝曰："园囿之兴废⑦，洛阳盛衰之候也。"

注释 ①殽：同"崤"，崤山。渑（miǎn）：古关隘名。②走集：交通要道。③受兵：遭遇战事。④五季：指五代，即后梁、后唐、后晋、后汉、后周。⑤蹂（róu）蹴（cù）：一作"蹂践"，蹂躏的意思。⑥榭：建筑在台上的房屋。⑦囿（yòu）：园林。

且天下之治乱，候于洛阳之盛衰而知；洛阳之盛衰，候于园圃之兴废而得。则《名园记》之作，予岂徒然哉？

呜呼！公卿大夫方进于朝，放乎一己之私意以自为，而忘天下之治忽⑧，欲退享此乐，得乎？唐之末路是矣。

译文一洛阳地处天下的中央，挟着崤山、渑隘的险阻，正处在秦地、陇地的要害，是赵、魏之间的必经要道，可以说是四方诸侯的必争之地。天下太平无事则罢了，一旦有战事发生，洛阳就会先遭受兵乱。因此我曾经说过："洛阳的盛衰，就是天下太平与混乱的征兆啊。"

唐贞观、开元年间，公卿贵戚在东都洛阳营造馆舍府第的，号称有一千多处。到了唐末战乱流离失所时，再到五代时期的残酷战祸，洛阳的池塘竹树在兵车的践踏之下变成土堆废墟，高亭大榭也被战火焚为灰烬，它们都随着唐朝的灭亡而一道消失了，没有幸存下来的了。因此我曾经说："园林池苑的兴废，就是洛阳盛衰的征兆啊。"

天下的太平与混乱，通过洛阳的盛衰可以看出来；洛阳的盛衰，通过那里园林池苑的兴废可以看出来。那么写《名园记》这样的作品，我难道是做无用功吗？

唉！公卿大夫刚到朝廷任职，就放纵自己的私欲，只为了自己，却忘记天下的治理得是好是坏，想以后退隐了再来享受这种园林之乐，可以吗？唐朝的灭亡就是前车之鉴啊。

岳阳楼记

范仲淹

15

范仲淹是北宋名臣，在庆历朝做过参知政事，还主持了新政。『庆历新政』失败后，范仲淹被贬居居邓州，其间，适逢被贬谪岳州巴陵郡的滕子京重修岳阳楼，他嘱托范仲淹写下此文。本文通过写岳阳楼的景色，以及阴雨和晴朗时带给人的不同感受，揭示了『不以物喜，不以己悲』的古仁人之心，也表达了自己『先天下之忧而忧，后天下之乐而乐』的宏大抱负与爱国爱民的情怀。

庆历四年春，滕子京谪守巴陵郡①。越明年，政通人和，百废俱兴。乃重修岳阳楼，增其旧制，刻唐贤、今人诗赋于其上，属予作文以记之。

予观夫巴陵胜状，在洞庭一湖。衔远山，吞长江，浩浩汤汤，横无际涯；朝晖夕阴，气象万千。此则岳阳楼之大观也，前人之述备矣。然则北通巫峡，南极潇湘，迁客骚人②，多会于此，览物之情，得无异乎？

若夫霪雨霏霏，连月不开，阴风怒号，浊浪排空，

注释 一 ①滕子京：名宗谅，字子京，河南洛阳人。②迁客：遭贬谪放逐的官员。

日星隐曜，山岳潜形，商旅不行，樯倾楫摧③，薄暮冥冥，虎啸猿啼。登斯楼也，则有去国怀乡④，忧谗畏讥，满目萧然，感极而悲者矣。

至若春和景明⑤，波澜不惊，上下天光，一碧万顷，沙鸥翔集，锦鳞游泳⑥，岸芷汀兰⑦，郁郁青青。而或长烟一空，皓月千里，浮光耀金⑧，静影沉璧，渔歌互答，此乐何极！登斯楼也，则有心旷神怡，宠辱皆忘⑨，把酒临风，其喜洋洋者矣。

注释 — ③樯：桅杆。楫：船桨。④国：指国都。⑤景：日光。⑥锦鳞：鱼的美称。⑦汀：水边平滩。⑧耀：一作"跃"。⑨皆：一作"偕"。

嗟夫，予尝求古仁人之心，或异二者之为。何哉？不以物喜，不以己悲。居庙堂之高，则忧其民；处江湖之远，则忧其君。是进亦忧，退亦忧。然则何时而乐耶？其必曰"先天下之忧而忧，后天下之乐而乐"欤⑩！噫！微斯人，吾谁与归！

时六年九月十五日。

注释 — ⑩欤：一作"乎"。

译文 — 庆历四年的春天，滕子京被贬为巴陵郡太守。到了第二年，政事顺利，百姓和乐，各种荒废了的事业都开始兴办起来了。于是重新修建岳阳楼，扩大它旧有的规模，把唐代贤士和今人的诗赋刻在上面，并嘱咐我写一篇文章来记述这件事。

我看巴陵郡的美景，全在这洞庭湖上。它连接远山，吞吐长江，浩浩荡荡，无边无际；早晨的霞光和傍晚的夕照，都显得气象万千。这些就是岳阳楼的壮丽景象，前人的描述很详尽了。虽然如此，但是它北面通向巫峡，南面直达潇水和湘水，被降职外调的官员和不得志的诗人常常在这里聚会，他们观赏这里景物时的心情，大概会有所不同吧？

每逢细雨连绵不断，一连数月都没有晴天的时候，阴风怒吼，混浊的浪涛翻腾到空中，日月星辰失去了光辉，山岳也隐藏在阴霾之中，客商和旅人无法通行，桅杆歪斜，船桨折断，暮霭沉沉，老虎长啸，猿猴悲啼。这时登上这座楼，就会产生离开京城、怀念家乡、担心遭到别人诽谤和指责的心情，满目萧瑟，感慨到极点而悲伤。

待到春风和煦、阳光明媚的日子，湖面平静，水天一色，碧绿的湖水一望无际，沙鸥时而展翅高飞，时而落下聚集在一起，美丽的鱼儿游来游去，岸上的香芷和小洲上的兰花，香气浓郁，颜色青青。有时天空中云雾完全消散，皎洁的月光一泻千里，湖面上金光闪烁，静静的月影好似沉入水中的玉璧，渔人互相唱和应答，这样的乐趣简直没有穷尽！这时登上这座楼，就会感到心旷神怡，忘却一切荣辱得失，端着酒杯临风畅饮，无限欢乐。

啊！我曾经探究过古代仁人志士的思想感情，或许他们和上面说的那两种情况有所不同，这是为什么呢？他们不因为外物的美好而高兴，也不因为个人的失意而悲伤。在朝为官的时候就为百姓忧虑；退隐江湖的时候就替君主忧虑。这样看来，是在朝为官也忧虑，退隐江湖也忧虑。那么，他们什么时候才会快乐呢？他们一定会说"在天下人忧虑之前先忧虑，在天下人快乐之后再快乐"吧！唉！除了这样的人，我还能与谁同道呢！

六年九月十五日。

丰乐亭记

欧阳修

16

本文是欧阳修任滁州刺史时所作。文中生动描绘了滁州的山水景致，并由滁州在五代时为用武之地追溯到宋王朝统一天下的功业，继而称扬有宋以来休养生息的政策，描写了自己与民同游山水的快乐，并阐述了命亭名为『丰乐』的缘由。体现了作者关注国家治安、百姓安乐的责任感。

修既治滁之明年①，夏始饮滁水而甘。问诸滁人，得于州南百步之近。其上则丰山，耸然而特立；下则幽谷，窈然而深藏；中有清泉，滃然而仰出②。俯仰左右，顾而乐之。于是疏泉凿石，辟地以为亭，而与滁人往游其间。

滁于五代干戈之际，用武之地也。昔太祖皇帝③，尝以周师破李景兵十五万于清流山下④，生擒其将皇甫晖、姚凤于滁东门之外⑤，遂以平滁。修尝考其山川，按其图记，升高以望清流之关，欲求晖、凤就擒之所。而故老皆无在者，盖天下之平久矣。自唐失其政，海内

注释 — ①滁：即滁州，在今安徽滁州市。②滃（wěng）然：水势盛大的样子。③太祖皇帝：宋太祖赵匡胤。④李景：即南唐元宗李璟，他因避讳后周信祖郭璟改名为"景"。⑤皇甫晖：南唐江州节度使、充行营应援使。姚凤：常州团练使、充应援都监。

分裂，豪杰并起而争，所在为敌国者，何可胜数？及宋受天命，圣人出而四海一。向之凭恃险阻，铲削消磨。百年之间，漠然徒见山高而水清。欲问其事，而遗老尽矣。今滁介江、淮之间，舟车商贾，四方宾客之所不至，民生不见外事，而安于畎亩衣食^⑥，以乐生送死。而孰知上之功德，休养生息，涵煦于百年之深也？

修之来此，乐其地僻而事简，又爱其俗之安闲。既得斯泉于山谷之间，乃日与滁人仰而望山，俯而听泉，掇幽芳而荫乔木^⑦，风霜冰雪，刻露清秀，四时之景无不可爱。又幸其民乐其岁物之丰成^⑧，而喜与予游也。

注释 — ⑥畎（quǎn）亩：田地。⑦掇：采取。⑧岁物：收成，年成。

因为本其山川，道其风俗之美，使民知所以安此丰年之乐者，幸生无事之时也。

夫宣上恩德，以与民共乐，刺史之事也。遂书以名其亭焉。

译文 一 我担任滁州刺史的第二年，夏天才喝到滁州的泉水并觉得甘甜。向滁州人打听，在滁州城南百步远近的地方找到了泉源。泉源上面就是丰山，高耸挺立；下面就是深谷，幽冥深邃；中间有清洌的泉水，水势很大，向上喷涌。我仔细观看后，对这个地方很是喜爱。便凿开岩石，疏通泉水，开辟土地来修建亭子，与滁州的百姓来这里游赏。

滁州在五代战乱的时候，是兵家必争之地。当年，太祖皇帝曾率领后周的军队在清流山下大破李璟的十五万兵马，在滁州城东门之外活捉了南唐将领皇甫晖、姚凤，进而平定了滁州。我曾经考察过当地的山川，按照地图的记载，登上高处来眺望清流关，想找到皇甫晖、姚凤被活捉的地方。但当年亲历战事的人都已不在，也许天下平定后的时间很久了吧。自从唐代政治昏乱，天下四分五裂，英雄豪杰并起而争斗，互相对峙、成为敌国的国家，哪里数得过来？到了大宋承受天命，圣人出世，四海统一。以前作为凭借的险阻，几乎都被铲除削平了。百年之间，漠然地只看见山高水清。想问问当年的战事，而经历过的人都已经死去了。如今滁州位于江淮之间，船只车辆、商贾、四方游客很少来到。百姓从一生下来，就与外界没什么联系，安心于耕田种地，穿衣吃饭，以快乐的方式生活到死，谁能明白皇上的功德，让百姓休养生息，滋润、普照了他们达百年之久呢？

我来到这里，喜欢这地方偏僻宁静而政事简明，也喜欢这里民风的恬淡悠闲。既然在山谷间找到这样的甘泉，便每天同滁州的人们仰望高山，低首听泉，采摘幽香的花草，在大树下休息，风霜冰雪来临的时候，山川秀美毕现，四季美景无不令人喜爱。又因民众喜得年成丰收，乐意与我同游而高兴。因此我本着这里的山形地貌，叙述这里风俗的美好，让民众知道，之所以能够安享丰年的欢乐，是因为有幸生于这太平的时代。

宣扬皇上的恩德，和民众共享欢乐，这是刺史的职责。于是写了这篇文章来给亭子命名。

17

醉翁亭记

因支持范仲淹的新政，欧阳修被贬为滁州太守，这篇文章是他任职滁州期间写的一篇山水游记。本文主要写了醉翁亭名字的由来、醉翁亭附近的景色、滁州百姓游山玩水，还有自己与宾客宴饮时的场景，表达了作者与民同乐的情怀。

环滁皆山也。其西南诸峰，林壑尤美。望之蔚然而深秀者，琅琊也①。山行六七里，渐闻水声潺潺，而泻出于两峰之间者，酿泉也。峰回路转，有亭翼然临于泉上者，醉翁亭也。作亭者谁？山之僧智仙也。名之者谁？太守自谓也。太守与客来饮于此，饮少辄醉，而年又最高，故自号曰"醉翁"也。醉翁之意不在酒，在乎山水之间也。山水之乐，得之心而寓之酒也。

若夫日出而林霏开②，云归而岩穴暝③，晦明变化者，山间之朝暮也。野芳发而幽香，佳木秀而繁阴，风

注释 一 ①琅琊：即琅琊山，在滁州西南十里。②霏：弥漫的云气。③暝：昏暗。

霜高洁，水落而石出者，山间之四时也。朝而往，暮而归，四时之景不同，而乐亦无穷也。

至于负者歌于途，行者休于树，前者呼，后者应，伛偻提携④，往来而不绝者，滁人游也。临溪而渔，溪深而鱼肥，酿泉为酒，泉香而酒洌⑤，山肴野蔌⑥，杂然而前陈者，太守宴也。宴酣之乐，非丝非竹，射者中⑦，弈者胜⑧；觥筹交错⑨，起坐而喧哗者，众宾欢也。苍颜白发，颓然乎其间者，太守醉也。

已而夕阳在山，人影散乱，太守归而宾客从也。树林阴翳，鸣声上下，游人去而禽鸟乐也。然而禽鸟知山林之乐，而不知人之乐；人知从太守游而乐，而不知太守之乐其乐也。醉能同其乐，醒能述以文者，太守也。太守谓谁？庐陵欧阳修也。

译文—滁州四面环山。那西南面的几座山峰，树林和山谷尤其秀美。远远望去，那树木茂盛、幽深而秀丽的，是琅琊山。顺着山路走上六七里，渐渐听到水声潺潺，从两座山峰之间倾泻而出的，是酿泉。走过曲折的山路，绕过回环的山峰，有一座亭子檐角翘起，像鸟张开翅膀一样，坐落在泉水边上，这就是醉翁亭。建造亭子的人是谁呢？是山上的和尚智仙。给它取名的是谁呢？是太守用自己的号取名的。太守和客人们来这儿饮酒，只喝一点儿就醉了，而且年纪又是最大，因此自号"醉翁"。醉翁的心意并不在酒上，而在山水之间。游山赏水的乐趣，领略在心里，而寄托在酒中。

说起太阳升起，树林中的雾气消散，烟云聚拢，山洞幽冥昏暗，这其中的明暗变化，这就是山间早晚的景象。野花怒放，散发清香，好的树木繁茂而形成绿荫，秋风高爽，秋霜洁白，溪水下落，山石显露出来，这就是山中四季的景色。清晨出发，傍晚归来，四季的景色不同，乐趣也是无穷无尽的。

至于背着东西的人在路边欢唱，行人在树下休息，前面的呼喊，后面的答应，老老少少，络绎不绝的，是滁州百姓在游玩呢。在溪边钓鱼，溪深而鱼肥，用泉水酿酒，泉香而酒洌，山珍和野菜，杂乱地摆在面前，那是太守所设的宴席。宴会喝酒的乐趣，不在于琴弦箫管，投壶的投中了，下棋的下赢了，酒杯与筹码杂乱交错，人们时起时坐、大声喧闹，那是宾客们欢乐极了。苍颜白发，颓然坐在人群中的老者，是太守喝醉了。

不一会儿，夕阳西下，人影散乱，那是太守回去了而宾客们跟随。树林成荫，鸟儿上上下下鸣叫着，那是游人离开后鸟儿快乐起来了。然而，鸟儿知道山林中的快乐，却不知道人们的快乐；人们只知道跟随太守游玩的快乐，却不知道太守是因为他们快乐而快乐啊。喝醉了能同他们一起快乐，酒醒后能用文章把这些记述下来的，是太守。太守是谁呢？庐陵欧阳修。

18

喜雨亭记

喜雨亭是苏轼在凤翔府担任签判时修建的。本文记述了喜雨亭得名的缘由，描写了百姓们在久旱逢甘霖时的美好心情，也体现了作者重视百姓生活的思想感情。

亭以雨名，志喜也①。古者有喜，则以名物，示不忘也。周公得禾②，以名其书；汉武得鼎③，以名其年；叔孙胜狄，以名其子④。其喜之大小不齐，其示不忘，一也。

予至扶风之明年，始治官舍。为亭于堂之北，而凿池其南，引流种树，以为休息之所。是岁之春，雨麦于岐山之阳⑤，其占为有年⑥。既而弥月不雨，民方以为忧。越三月，乙卯乃雨，甲子又雨，民以为未足。丁卯大雨，三日乃止。官吏相与庆于庭，商贾相与歌

注释 ①志：记。②周公得禾：周成王曾经赐给周公二苗同为一穗的禾谷，周公便写下了《嘉禾》。③汉武得鼎：汉武帝在汾水上得宝鼎，于是改元为元鼎元年。④叔孙胜狄，以名其子：春秋时鲁国的叔孙得臣曾率军击败狄人，俘获其国君侨如，于是给自己的儿子取名为侨如。⑤岐山：在今陕西岐山县。⑥有年：指丰收的年份。

于市，农夫相与忭于野⑦，忧者以喜，病者以愈，而吾亭适成。

于是举酒于亭上以属客，而告之曰："五日不雨可乎？"曰："五日不雨则无麦。""十日不雨可乎？"曰："十日不雨则无禾。""无麦无禾，岁且荐饥⑧，狱讼繁兴而盗贼滋炽⑨。则吾与二三子，虽欲优游以乐于此亭，其可得耶？今天不遗斯民，始旱而赐之以雨，使吾与二三子得相与优游而乐于此亭者，皆雨之赐也，其又可忘耶？"

注释 — ⑦忭（biàn）：高兴。⑧荐饥：连年饥荒。荐：一再。⑨滋炽：滋生势盛。

既以名亭，又从而歌之，曰："使天而雨珠，寒者不得以为襦⑩；使天而雨玉，饥者不得以为粟。一雨三日，伊谁之力？民曰太守，太守不有；归之天子，天子曰不然；归之造物，造物不自以为功；归之太空，太空冥冥，不可得而名。吾以名吾亭。"

注释 ― ⑩襦（rú）：短袄。

译文 — 这座亭子以雨命名，是为了记载一件喜事。古人每逢喜事，便要在器物上铭刻下来，为了表示不遗忘。周公得到天子赏赐的稻禾，便以《嘉禾》做他的文章名；汉武帝得到宝鼎，便以元鼎做他的年号；叔孙得臣打败狄人侨如，便以"侨如"做自己儿子的名字。他们的喜事虽然大小不同，但是表示不遗忘的意思是一样的。

我到扶风的第二年开始建造官舍。在厅堂北面筑亭子，在南面开了池塘，引来水种上树，以作为休息的地方。这年春天，岐山南面下起了麦雨，占卜后认为是丰年之兆。接着整月不下雨，百姓们开始忧虑起来。过了三月，四月的乙卯日才下起了雨，甲子日又下了雨，百姓们觉得还是不够。丁卯那天下起了大雨，下了三天才停。官吏在厅堂上相互庆贺，商人在市场上相互唱和，农人在田间地头一起欢欣鼓舞，忧愁的人因此高兴起来，患病的人因此康复，而我的亭子恰好在这个时候建成了。

于是我在亭上摆开酒宴，向客人劝酒并告诉他们说："如果五天不下雨，行吗？"他们说："五天不下雨，麦子就长不成了。""要是十天都不下雨呢？"他们说："十天不下雨，稻子就长不成了。""无麦无稻，连年的饥荒，诉讼案件多了，盗贼也会猖獗起来。那样的话，我和诸位即使想在这亭子上游玩享乐，能做得到吗？如今上天不遗弃这里的百姓，刚开始干旱便赐下了雨水，使我与诸位能够悠闲而快乐地在这亭中欢乐，这都是雨的恩赐啊！又怎么能忘记此事呢？"

给亭子命名之后，接着又作了歌，歌词说："如果上天落下的是珍珠，受冻的人不能用它做棉衣；如果上天落下的是宝玉，挨饿的人不能拿它当粮食。一连三日大雨，这是谁的功劳？百姓说是太守，太守承受不起这份赞誉；归功于皇上，皇上说并非这样；归功于造物主，造物主也不认为是自己的功劳；把它归功于太空，太空高邈，不能命名。于是我就用'雨'来为我的亭子命名。"

凌虚台记

宋仁宗嘉祐八年（公元1063年），凤翔知府陈希亮建成凌虚台，之后嘱托当时正在凤翔任职的苏轼为凌虚台写一篇记文。本文介绍了凌虚台的形制特征、游赏凌虚台的乐趣等，在记述土台建造的过程中，引出古往今来兴废成毁的历史，指出不能稍有所得就自乐自足，而应当去追求真正足以依靠的东西。

国于南山之下，宜若起居饮食与山接也①。四方之山，莫高于终南，而都邑之丽山者②，莫近于扶风③。以至近求最高，其势必得。而太守之居，未尝知有山焉。虽非事之所以损益，而物理有不当然者，此凌虚之所为筑也。

方其未筑也，太守陈公杖履逍遥于其下。见山之出于林木之上者，累累如人之旅行于墙外而见其髻也，曰："是必有异。"使工凿其前为方池，以其土筑台，高出于屋之檐而止。然后人之至于其上者，恍然不知台之高，而以为山之踊跃奋迅而出也。公曰："是宜名凌

注释 — ①宜若：似乎。②丽：依附，附着。③扶风：凤翔府，在今陕西凤翔。

虚。"以告其从事苏轼④，而求文以为记。

　　轼复于公曰："物之废兴成毁，不可得而知也。昔者荒草野田，霜露之所蒙翳，狐虺之所窜伏。方是时，岂知有凌虚台耶？废兴成毁，相寻于无穷，则台之复为荒草野田，皆不可知也。尝试与公登台而望，其东则秦穆之祈年、橐泉也⑤，其南则汉武之长杨、五柞⑥，而其北则隋之仁寿、唐之九成也。计其一时之盛，宏杰诡丽，坚固而不可动者，岂特百倍于台而已哉！然而数世之后，欲求其仿佛，而破瓦颓垣无复存者，既已化为禾黍荆棘丘墟陇亩矣，而况于此台欤！夫台犹不足恃以长

注释 — ④从事：辅佐官吏。⑤祈年、橐（tuó）泉：春秋时秦国的两宫名。⑥长杨、五柞（zuò）：汉代宫名。

久，而况于人事之得丧、忽往而忽来者欤？而或者欲以夸世而自足，则过矣。盖世有足恃者，而不在乎台之存亡也。"

既以言于公，退而为之记。

译文—城邑建在终南山下，人们起居饮食应该都无法与山分离。周围的山，没有哪一座能高于终南山，而靠着山的城邑，也没有比扶风更近的了。凭借离山位置最近的优势而从视觉上寻找最高的山，这肯定是可以找到的。但太守居于此地，从来不知这里有座高山。这虽说不会对任何事情产生影响，但从事物的道理上讲却不该是这样，这就是建造凌虚台的原因。

在凌虚台还没有修筑之时，太守陈公拄着拐杖在那里悠闲地散步，看见高于林木之上的山峰，重重叠叠的，好像人们在它的墙外行走而只看见了它的发髻，陈公说："一定有奇异的景致。"他派遣工匠在树林的前面挖了一个方池，用挖出来的土筑成高台，台子筑到高出屋檐的时候停下。而后有人到了台上，恍惚间仿佛不知道台的高，而以为是山突然活动起伏冒出来的。陈公说："应该叫它凌虚台。"并且告诉了他的佐吏苏轼，请他写一篇文章来记叙。

苏轼答复陈公说："事物的兴废成毁，是无法预料的。从前这里是长满荒草的野地，为霜露所覆盖遮蔽，狐狸、毒蛇在这里出没潜行。那时候，人们哪里知道今天这里会修建凌虚台呢？兴盛和衰败交替，循环无尽，因此这高台日后是否又会成为长满荒草的野地，都无法预料。我曾经跟从您试着登台而望，东面是秦穆公的祈年宫和橐泉宫，南面是汉武帝的长杨宫和五柞宫，北面是隋代的仁寿宫和唐代的九成宫。估计一下它们当初的盛况，气势宏伟奇丽，坚固而不可动摇，岂止百倍于这座高台！然而，几代之后，想寻访它们当年的大概模样，却连破瓦断墙都不复存在，如今已变成了长满庄稼的田地、遍布荆棘的荒野了，何况这凌虚台呢！一座高台尚且不足以长久依凭，更何况人世的得失、本就来去匆匆呢？如果有人想通过修筑高台而炫耀于世，满足己欲，那就错了。大概世上是有足以依靠的东西的，但不在于台的存亡啊！"

我对陈公讲了这番话之后，回来就作了这篇记。

超然台记

20

这篇文章写于苏轼由杭州调任密州知州一年后。文章从说理开始，评论囿于外物者的可悲，以及自己随遇而安的洒脱，通过写自己在密州的生活和政绩，表达了其超然物外、无往不乐的人生态度。

凡物皆有可观。苟有可观，皆有可乐，非必怪奇伟丽者也。餔糟啜醨^①，皆可以醉。果蔬草木，皆可以饱。推此类也，吾安往而不乐？

夫所为求福而辞祸者，以福可喜而祸可悲也。人之所欲无穷，而物之可以足吾欲者有尽。美恶之辨战于中，而去取之择交乎前，则可乐者常少，而可悲者常多。是谓求祸而辞福。夫求祸而辞福，岂人之情也哉？物有以盖之矣^②。彼游于物之内，而不游于物之外。物非有大小也，自其内而观之，未有不高且大者

注释 — ①餔（bū）：食，吃。糟：酒糟。啜：饮。醨（lí）：淡酒。②盖：蒙蔽，遮盖。

也。彼挟其高大以临我，则我常眩乱反复，如隙中之观斗，又乌知胜负之所在？是以美恶横生，而忧乐出焉，可不大哀乎！

予自钱塘移守胶西，释舟楫之安，而服车马之劳；去雕墙之美，而庇采椽之居③；背湖山之观，而行桑麻之野。始至之日，岁比不登④，盗贼满野，狱讼充斥，而斋厨索然，日食杞菊，人固疑予之不乐也。处之期年，而貌加丰，发之白者日以反黑。予既乐其风俗之淳，而其吏民亦安予之拙也。于是治其园圃，洁其庭宇，伐安丘、高密之木，以修补破败，为苟完之计。而园之北，因城以为台者旧矣，稍葺而新之。时相与登览，放意肆志焉。南望马耳、常山，出没隐见，若近若远，庶几有隐君子乎？而其东则庐山，秦人卢敖之所从遁也⑤。西望穆陵，隐然如城郭，师尚父、齐威公之遗烈犹有存者⑥。北俯潍水⑦，慨然大息⑧，思淮阴之功⑨，而吊其不终⑩。台高而安，深而明，夏凉而冬温。

注释　⑤卢敖：燕人，秦始皇召以为博士，叫他去求神仙，一去不回。⑥师尚父：即姜子牙。齐威公：指齐桓公，这里改桓为威，是宋代人避宋钦宗赵桓名讳的缘故。⑦潍水：即潍河，在山东东部。⑧大息：即"太息"，叹息。⑨淮阴：指淮阴侯韩信。⑩吊：哀伤，感怀。

雨雪之朝，风月之夕，予未尝不在，客未尝不从。撷园蔬^⑪，取池鱼，酿秫酒^⑫，瀹脱粟而食之^⑬，曰："乐哉！游乎！"

方是时，予弟子由适在济南^⑭，闻而赋之，且名其台曰"超然"。以见予之无所往而不乐者，盖游于物之外也。

注释 — ⑪撷：采摘。⑫秫（shú）酒：黄米酒。⑬瀹（yuè）：煮。⑭子由：苏辙，字子由，苏轼之弟。

— 大凡事物都有值得观赏的地方。如果有值得观赏的地方，就都存在着乐趣，不一定是奇异、瑰丽的东西不可。食酒糟，饮淡酒，都能醉人。瓜果蔬菜，都能让人吃饱。依此类推，我在哪里寻不到快乐呢？

人们之所以追求幸福，躲避灾祸，是因为幸福让人欣喜，灾祸让人悲哀。人的欲望无穷无尽，而满足我的欲望的事物却是有限的。心中存在着美与丑的斗争，眼前轮番出现取与舍的抉择，那么能够让人快乐的就总是很少，而让人悲伤的总是很多。这就是所谓的追求祸患而躲避幸福。追求祸患和躲避幸福，难道是人之常情吗？这是外物对人有所蒙蔽啊！这些人局限在事物之中，而不能自由地活在事物之外。事物并没有大小之分，从它的内部看它，没有不又高又大的。它倚仗着它高大的形象来俯视我，那我就总是会眼花缭乱反复不定了，就像透过缝隙观看别人打斗，又怎能知道决定胜负的因素在哪里？所以美好和丑恶不断产生，忧愁和快乐也就滋生了，这不是让人非常悲哀的事情吗？

我从钱塘调任密州知州以后，放弃了乘舟船的安逸舒适，而忍受着车马的奔波劳苦；辞别了厅堂的华丽，却栖身于简陋的房屋；离开了湖光山色的景致，而来到遍种桑麻的田野之中。刚来的时候，庄稼连年歉收，盗贼到处都是，案件多不胜数，厨房里却空荡无物，每天只能以野菜充饥，别人必定认为我是不快乐的。我在这里住了一年，脸色变得越来越好，头上的白发也在日益返黑。我已经喜欢上了这里民风的淳朴，而这里的官吏百姓也习惯了我的笨拙无能。于是，我在这里整理园林，清扫庭院，砍伐安丘、高密的树木，来修补破败的地方，作为暂时修缮这园林的办法。在园子北边，靠着城墙所筑的高台已经破旧了，我将它稍加修缮，使它焕然一新。有时我和朋友一起登台观赏，让自己的思绪自由驰骋。向南望见马耳山、常山，它们若隐若现，若近若远，应该会有隐居的君子吧？而它的东面则是庐山，是秦人卢敖遁世隐居的地方。向西望向穆陵，隐隐约约像一道城墙，姜子牙、齐桓公的丰功伟业，仍旧有所留存。向北俯视潍水，感慨叹息，回想起淮阴侯韩信的战功，为他的不得善终而哀叹。这台子高而安稳，台上居室幽深，却又明亮，冬暖夏凉。每逢雨雪的清晨，或是清风明月的

且向山水寻清音

夜晚，我没有一次不在这里，宾客们也没有不跟从我到这里来游乐的。我们采摘园中的菜蔬，捕捞池塘中的鲜鱼，酿了黄米酒，煮了粗米饭品尝，并说："在这里游乐是多么快乐啊！"

这个时候，我的弟弟子由正在济南，听闻此事后便作了一篇赋，给这个台子起名叫"超然台"。因为看到我到哪儿都快乐，大概是因为我超然于物外吧。

21

放鹤亭记

苏轼

本文是苏轼在徐州做知州时写的。文章记述了云龙山隐士张天骥建造放鹤亭以及放鹤的事迹，然后又引申到国君纵酒好鹤会导致亡国，而隐士纵酒好鹤却可以怡情自娱。作者通过此文表达自由自在的隐逸乐趣。

熙宁十年秋①，彭城大水②。云龙山人张君之草堂，水及其半扉，明年春，水落，迁于故居之东，东山之麓。升高而望，得异境焉，作亭于其上。

彭城之山，冈岭四合，隐然如大环，独缺其西十二，而山人之亭，适当其缺。春夏之交，草木际天；秋冬雪月，千里一色；风雨晦明之间，俯仰百变。山人有二鹤，甚驯而善飞。旦则望西山之缺而放焉，纵其所如，或立于陂田③，或翔于云表，暮则傃东山而归④，故名之曰"放鹤亭"。

郡守苏轼，时从宾佐僚吏往见山人，饮酒于斯亭而乐之。挹山人而告之曰："子知隐居之乐乎？虽南面之君，未可与易也。《易》曰：'鸣鹤在阴，其子和之。'《诗》曰：'鹤鸣于九皋⑤，声闻于天。'盖其为物清远闲放，超然于尘埃之外，故《易》《诗》人以比贤人君子。隐德之士，狎而玩之⑥，宜若有益而无损者，然卫懿公好鹤则亡其国⑦。周公作《酒诰》，卫武公作《抑戒》，以为荒惑败乱，无若酒者。而刘伶、阮籍之徒，以此全其真而名后世。嗟夫！南面之君，虽清远闲放如鹤者，犹不得好，好之则亡其国。而山林遁世之士，虽荒惑败乱如酒者，犹不能为害，而况于鹤乎？由此观

注释 — ⑤九皋：曲折深远的沼泽。⑥狎：亲近。⑦卫懿公好鹤：春秋时卫懿公养鹤成癖，不理朝政。后北狄挥戈南下，直逼卫国。他若无其事，仍在宫中观鹤舞，听鹤鸣。狄人打入卫国境内，他被迫与北狄大战于荥泽，卫军惨败，懿公被活捉。

之，其为乐未可以同日而语也。"山人欣然而笑曰："有是哉！"乃作放鹤、招鹤之歌曰："鹤飞去兮西山之缺，高翔而下览兮择所适。翻然敛翼，宛将集兮，忽何所见，矫然而复击。独终日于涧谷之间兮[8]，啄苍苔而履白石。鹤归来兮东山之阴，其下有人兮，黄冠草履，葛衣而鼓琴。躬耕而食兮，其余以汝饱。归来归来兮，西山不可以久留。"

注释 — [8]涧：山间水流。

译文——熙宁十年的秋天，彭城发了大水。云龙山人张君的草堂，水淹到了房门的一半，第二年的春天，大水退去，山人迁到了故居的东边，东山的脚下。他登高远望，发现了一个奇异独特的地方，在那里修建起一座亭子。

彭城山，山冈、山岭四面合抱，隐隐约约像个大圆圈，唯独在西边缺了十分之二，而山人的亭子，正好位于那个缺口之上。春夏之交，这里草木繁茂，与天相接；秋冬之际的雪月，千里一色；风雨阴晴，瞬息万变。山人养着两只鹤，将它们驯养得特别善于飞翔。早晨对着西山的缺口将它们放飞，任凭它们自由飞走，它们有时立在水边田里，有时飞翔在云端之上，黄昏时它们就朝着东山飞回来，因此，这座亭子被命名为"放鹤亭"。

郡守苏轼，时常带着宾客随从前去拜访山人，在放鹤亭里饮酒作乐。他酌酒给山人并告诉他说："你懂得隐居的乐趣吗？即使是面南背北的君位，也是不会拿去交换的。《易经》上说:'鹤在隐蔽幽深的地方鸣叫,它的小鹤就会随声应和。'《诗经》上说:'鹤在曲折深远的沼泽中鸣叫,叫声传到九天之上。'大概是鹤这种动物性情清高而又散漫悠闲,超脱于世俗之外,所以《易经》《诗经》中用它来比喻贤人、君子。有德的隐士,亲近并且玩赏它,应当是有益而无害的,然而卫懿公喜欢鹤就亡了国。周公作了《酒诰》,卫武公作了《抑戒》,他们认为能使人迷乱荒废、疏于朝政的,没有比酒更厉害的了,可是刘伶、阮籍等人,因为酒成全了自己的纯真,并且名传于后世。唉!面南背北的君主,即使是像鹤这样清净深远闲适旷达的事物,也不能去喜好,过分喜好就会亡国。而对于山林中遁世的隐者们,即使是像酒一样让人意乱神迷、荒废疏怠的东西,也不能成为祸害,何况是鹤呢?由此看来,君主和隐士的快乐是不能同日而语的啊!"山人高兴地笑着说:"正是这个道理啊!"于是我写下放鹤、招鹤的歌,歌词中说:"鹤向西山的缺口飞去,凌空高飞俯瞰,选择它要去的地方。猛然收起双翅,好像就要落下来,忽然仿佛看到了什么,又矫健地冲向长空。它一天到晚独自生活在山涧与峡谷之间,啄食青苔,脚踩白石。鹤飞回来吧，飞到东山的北面，东山下面有人啊，戴着黄帽子，穿着草鞋，身披着葛衣在抚琴。亲身耕种，自食其力，剩下的让你吃个饱。飞回来吧，飞回来吧，西山不可久留。"

22

黄州快哉亭记

苏辙

元丰二年（公元1079年），苏轼因『乌台诗案』被贬黄州，苏辙因上书营救苏轼而获罪，被贬往筠州，兄弟二人时有书信往来，以诗文互慰。元丰六年（公元1083年），与苏轼同样谪居黄州的张梦得为观览长江，在住所西南建造了一座亭子，苏轼为它取名为『快哉亭』。本篇是苏辙为快哉亭作的记文，寄托了作者不以得失为怀的思想感情。

江出西陵①，始得平地，其流奔放肆大。南合湘、沅，北合汉、沔，其势益张；至于赤壁之下，波流浸灌，与海相若。清河张君梦得谪居齐安，即其庐之西南为亭，以览观江流之胜，而余兄子瞻名之曰"快哉"②。

盖亭之所见，南北百里，东西一舍。涛澜汹涌，风云开阖。昼则舟楫出没于其前，夜则鱼龙悲啸于其下。变化倏忽③，动心骇目，不可久视。今乃得玩之几席之上，举目而足。西望武昌诸山，冈陵起伏，草木行列，烟消日出，渔夫、樵父之舍，皆可指数。此其所以为"快哉"者也。至于长洲之滨，故城之墟，曹孟德、孙

注释 ①西陵：长江三峡之一，在今湖北宜昌西北。②子瞻：苏轼，字子瞻。③倏忽：转瞬之间。

仲谋之所睥睨④，周瑜、陆逊之所驰骛⑤，其流风遗迹，亦足以称快世俗。

昔楚襄王从宋玉、景差于兰台之宫⑥，有风飒然至者，王披襟当之，曰："快哉此风！寡人所与庶人共者耶？"宋玉曰："此独大王之雄风耳，庶人安得共之！"玉之言，盖有讽焉。夫风无雄雌之异，而人有遇不遇之变。楚王之所以为乐，与庶人之所以为忧，此则人之变也，而风何与焉？士生于世，使其中不自得，将何往而非病⑦？使其中坦然，不以物伤性，将何适而非快？今张君不以谪为患，窃会计之余功⑧，而自放山水之间，

注释 — ④睥睨：窥伺。⑤驰骛：驰骋。骛：疾驰。⑥宋玉：战国时楚国大夫，辞赋家。景差：战国时楚国辞赋家。⑦病：忧愁，苦闷。⑧会计：指钱财、赋税等事务。

此其中宜有以过人者。将蓬户瓮牖[9]，无所不快，而况乎濯长江之清流，挹西山之白云[10]，穷耳目之胜以自适也哉？不然，连山绝壑，长林古木，振之以清风，照之以明月，此皆骚人思士之所以悲伤憔悴而不能胜者[11]，乌睹其为快也哉[12]！

注释 — ⑨瓮牖（yǒu）：用破瓮做的窗户，形容家境贫苦。⑩挹：舀，这里指尽情观赏。⑪骚人思士：心怀忧思的文人雅士。⑫乌睹：哪里看得出。

译文— 长江流出西陵峡后，方才进入平阔的原野，它的水势变得奔腾浩大，从南边与湘水、沅水汇聚，向北边与汉水、沔水合流，水势更显恢宏；等到了赤壁之下，波涛吞吐汹涌，好似大海一般。清河张梦得，贬官后居住在齐安，在靠近自己住宅的西南方修建了一座亭子，用来观赏江水奔流的盛景，我的哥哥子瞻给这座亭子起名为"快哉"。

大概从亭中往外观望，能看到南北百里之遥，东西三十里之远。波浪起伏翻腾，风云聚散无常。白天有船只出没于亭前，夜晚有鱼龙在亭下哀鸣。景物瞬息万变，动人心魄，使人瞠目而不能长时间地观看。如今，我能够在几案旁边欣赏这些景色，抬起眼来就足够看了。向西遥望武昌一带的群山，山脉蜿蜒起伏，草木排列成行，太阳出来的时候，云烟散尽，渔人、樵夫的房舍，都可以一一指点出来。这就是把它叫作"快哉"的缘由啊。至于那狭长的沙洲沿岸，故城的废墟，曾是曹孟德、孙仲谋所窥伺，周瑜、陆逊所驰骋的地方，那些流传下来的风气和遗迹，也足以让世俗之人称快了。

从前楚襄王和宋玉、景差在兰台宫游玩，一阵风吹来，飒飒作响，襄王敞开衣襟迎着风说："这风多么畅快啊！这是我和百姓所共有的吧？"宋玉说："这只不过是大王的雄风罢了，百姓怎能与您共享呢？"宋玉的话大概有点儿讥讽的意味吧。风并没有雌雄之分，而人却有得志与不得志之别。楚王之所以感到快乐，以及平民百姓之所以感到忧虑，这就是因为人的境遇有所不同，跟风有什么关系呢？士人生活在世间，要是心里不坦然，那么到哪里能没有忧愁呢？要是自己心中坦然，不因为外物而损害自己的天性，那么到哪里会不感到快乐呢？如今张君不以被贬而忧愁，利用办理完钱财税赋等公务之后的闲暇时间，放任自己享受于山水之间，这是因为他心中有过人的地方。即使以蓬草编门，以破瓮做窗，也没有什么不快乐的，更何况在清流的长江中洗浴，面对着西山的白云，竭尽耳目所能取得的快乐而使自己舒畅呢？如果不是这样，那么，连绵的群山、幽深的峡谷、茂盛的山林、古老的树木，清风吹动它们，明月照映它们，都会成为伤感失意的文人雅士为之悲伤憔悴而不能忍受的景色，哪里会看到它们而感到快乐呢？

23

宋濂

阅江楼记

阅江楼位于金陵城西北的狮子山，是明朝开国皇帝朱元璋为游览山水而修建的一处高楼。本文是宋濂奉皇帝旨意而写的一篇记文。在文中，宋濂写阅江楼的胜景，旨在为明朝歌功颂德。同时，作者希望皇帝能居安思危，安抚百姓，在文中融入了忠君忧民的思想。

金陵为帝王之州①。自六朝迄于南唐②，类皆偏据一方，无以应山川之王气。逮我皇帝定鼎于兹③，始足以当之。由是声教所暨④，罔间朔南⑤；存神穆清，与天同体。虽一豫一游，亦可为天下后世法。京城之西北，有狮子山，自卢龙蜿蜒而来⑥。长江如虹贯，蟠绕其下。上以其地雄胜，诏建楼于巅，与民同游观之乐，遂锡嘉名为"阅江"云⑦。

登览之顷，万象森列，千载之秘，一旦轩露。岂非天造地设，以俟大一统之君，而开千万世之伟观者欤？当风日清美，法驾幸临⑧，升其崇椒⑨，凭阑遥瞩，必

注释 ①金陵：今江苏南京。②六朝：即三国吴，东晋，南朝宋、齐、梁、陈，皆建都于今江苏南京。迄：直至。③定鼎：指建都。④暨（jì）：及，到。⑤罔：无，没有。⑥卢龙：卢龙山，在今江苏南京市。⑦锡：赐。⑧法驾：天子的车驾。⑨椒：山巅。

悠然而动遐思。见江汉之朝宗，诸侯之述职，城池之高深，关陞之严固⑩，必曰："此朕栉风沐雨、战胜攻取之所致也⑪。"中夏之广，益思有以保之。见波涛之浩荡，风帆之上下，番舶接迹而来庭，蛮琛联肩而入贡⑫，必曰："此朕德绥威服，覃及内外之所及也⑬。"四陲之远，益思有以柔之。见两岸之间、四郊之上，耕人有炙肤皲足之烦⑭，农女有捋桑行馌之勤⑮，必曰："此朕拔诸水火，而登于衽席者也⑯。"万方之民，益思有以安之。触类而思，不一而足。臣知斯楼之建，皇上所以发舒精神，因物兴感，无不寓其致治之思，奚止阅

注释 — ⑩陞：今作"厄"，险要的地方。⑪栉（zhì）风沐雨：以风梳头，以雨洗发，形容不避风雨，奔波劳碌。⑫琛：珠宝。⑬覃（tán）：蔓延，延及。⑭皲（jūn）：手足的皮肤受冻开裂。⑮馌（yè）：给在田里耕种的人送饭。⑯衽（rèn）：卧席。

夫长江而已哉！

彼临春、结绮⑰，非不华矣；齐云、落星，非不高矣。不过乐管弦之淫响，藏燕、赵之艳姬，一旋踵间而感慨系之⑱，臣不知其为何说也。虽然，长江发源岷山，委蛇七千余里而入海，白涌碧翻。六朝之时，往往倚之为天堑。今则南北一家，视为安流，无所事乎战争矣。然则果谁之力欤？逢掖之士⑲，有登斯楼而阅斯江者，当思圣德如天，荡荡难名，与神禹疏凿之功同一罔极。忠君报上之心，其有不油然而兴者耶？

臣不敏，奉旨撰记。欲上推宵旰图治之功者⑳，勒诸贞珉㉑。他若留连光景之辞，皆略而不陈，惧亵也。

译文— 金陵是帝王的住处，从六朝到南唐，在这里定都的君主大抵都是偏安一方，无法应合此地山川间蕴含的帝王之气。直到我朝皇帝定都于此，才足以与这王气相称。从此，声威和教化到达的地方，不分南北；神明前来定居，气象醇和清明，与天地融为一体。即使是一次巡游、一次娱乐，也足以为天下后世所效法。京城的西北有座狮子山，从卢龙山弯弯曲曲地延伸过来，长江如虹霓穿过，盘绕着流过山脚下。皇上因为此地雄伟壮丽，下令在山顶建起高楼，同百姓共同享受游览江山的乐趣，于是赐给了它一个美妙的名字，叫作"阅江楼"。

登临游览的那一瞬间，万千景象罗列开来，千百年来的奥秘，一朝显露出来。这难道不是天造地设的美景，来等待一统天下的君主，届时展示千秋万代的雄伟景观吗？每当风和日丽的时候，皇上的车驾亲临此地，登上这高高的山顶，倚着栏杆向远方眺望，一定会悠然心动而引发遐想。看到江汉之水向东流入大海，万国诸侯来此朝拜，城池高深，关塞牢固，一定会说："这都是我顶风冒雨，攻城取地才得来的啊。"中华大地如此广阔，更加觉得要想方设法保全它。看到波涛浩浩荡荡，风帆上下往来，番邦的船只接连不断地前来朝见，蛮族的珍宝络绎不绝地贡入京师，一定会说："这都是我用恩德安抚，用威严震慑，恩泽遍及四海内外才达到的啊。"四方的边境如此遥远，更加觉得要想方设法以怀柔的方式安抚。看到长江两岸之间，京师四郊的原野之上，种田的人经受着烈日炙烤皮肤、寒风皲裂手脚的劳苦，农家妇女有采摘桑叶、给田里人送饭的辛勤，一定会说："这是我把他们从水火中拯救出来，安置在床席上的啊。"对于天下的百姓，更加觉得要想方设法使他们过上安定的生活。由看到类似现象而触发的感慨，推及起来数不胜数。我知道这座楼的建造，是皇上用来振奋精神，凭借着景物而触发感慨的，无处不寄托着他治理天下的思想，何止是为了观赏长江呢？

那临春楼、结绮楼，不是不华丽；齐云楼、落星楼，也不是不高峻。它们无非是用来演奏靡靡之音，藏匿燕、赵美女，不过多久就会成为陈迹，引人慨叹，我不知道该怎样去解释它。虽然如此，长江发源于岷山，曲曲折折地流经了七千多里才注入大海，白浪汹涌，碧波翻腾，六朝的时候，往往依靠它做天然的壕堑。如今南北一家，它被视为一条安静的河流，再也没有战事上的意义了。那么，这究竟是谁的力量呢？登上此楼观看长江的读书之人，应当感念皇上的恩德有如苍天一样，广阔浩大而难以形容，与大禹治水功劳相等同，是无穷无尽的。忠君报主的心情，怎能不油然而呢？

我不聪明，奉旨撰写这篇记，希望列述皇上日夜辛勤、励精图治的功业，并把它铭刻在精美的碑石上面。其他的那些流连风光景物的词句，都省略而不再陈说，怕亵渎了皇上建造这座楼的本意。

沧浪亭记

沧浪亭位于今江苏苏州市，建造者是北宋诗人苏舜钦。作者应僧人文瑛之请写下这篇文章，通过描写沧浪亭的历史演变，即由园变成亭，由亭变成庵，再由庵变成亭，抒发了对盛衰无常的感慨，同时，他也指出，只有道德文章才能历经万世而不朽。

浮图文瑛居大云庵，环水，即苏子美沧浪亭之地也①。亟求余作《沧浪亭记》②，曰："昔子美之记，记亭之胜也，请子记吾所以为亭者。"

余曰：昔吴越有国时③，广陵王镇吴中④，治南园于子城之西南⑤，其外戚孙承佑，亦治园于其偏。迨淮海纳土，此园不废。苏子美始建沧浪亭，最后禅者居之。此沧浪亭为大云庵也。有庵以来二百年，文瑛寻古遗事，复子美之构于荒残灭没之余，此大云庵为沧浪亭也。

夫古今之变，朝市改易。尝登姑苏之台，望五湖之

注释 一 ①苏子美：即北宋文学家苏舜钦，字子美。②亟：多次。③吴越：五代十国时十国之一。④吴中：旧时对吴郡或苏州府的别称。⑤南园：泛指园囿。子城：即内城。

渺茫，群山之苍翠，太伯、虞仲之所建⑥，阖闾、夫差之所争，子胥、种、蠡之所经营⑦，今皆无有矣，庵与亭何为者哉？虽然，钱镠因乱攘窃⑧，保有吴越，国富兵强，垂及四世，诸子姻戚，乘时奢僭，宫馆苑囿，极一时之盛，而子美之亭，乃为释子所钦重如此。可以见士之欲垂名于千载之后，不与其澌然而俱尽者⑨，则有在矣。

文瑛读书喜诗，与吾徒游，呼之为沧浪僧云。

译文 — 僧人文瑛住在大云庵，那里四面环水，就是从前苏舜钦修筑沧浪亭的地方。文瑛多次请我写一篇《沧浪亭记》，说："从前苏舜钦写的记，记述的是沧浪亭的优美风景，请你记述一下我重建这个亭子的缘由吧。"

我说：从前吴越建国时，广陵王镇守吴中，在内城的西南修了一座园子，他的外戚孙承佑在它旁边也修了座园子。后来淮海这块土地纳入了宋朝的版图，这座园林没有废弃。苏舜钦开始在这里修筑沧浪亭，后来僧人住在这里。这就是沧浪亭变成大云庵的经过。建成大云庵以来已经两百年了，文瑛寻访古代的遗迹，在荒芜残破的废墟上修复苏舜钦的建筑构架，这是大云庵变成沧浪亭的经过。

历史变迁，朝代、市容在更改。我曾经登上姑苏台，眺望五湖的烟波浩渺，群山的苍翠，太伯、虞仲建立的国家，阖闾、夫差所争夺的土地，子胥、文种、范蠡所经营的盛世，如今都不复存在了，大云庵和沧浪亭又算得了什么呢？虽然是这样，钱镠趁着乱世窃取王位，占据了吴越之地，国富兵强，延续了四代，他的子孙和姻戚，借着时运奢侈僭越，宫馆园林的修建，盛极一时。然而苏舜钦的沧浪亭，被佛教僧人如此敬重。可见士人要流传美名于千年之后，而不和冰块一样消失，是有原因的。

文瑛喜欢读书作诗，跟我们交游，我们管他叫沧浪僧。

图书在版编目（CIP）数据

且向山水寻清音 /（晋）陶渊明等著；吴嘉格编译. — 北京：北京
联合出版公司，2018.12

ISBN 978-7-5596-2680-6

Ⅰ．①且… Ⅱ．①陶… ②吴… Ⅲ．①古典散文－散文集－中
国 Ⅳ．①I262

中国版本图书馆CIP数据核字（2018）第226956号

且向山水寻清音

作　　者：陶渊明等	出版监制：辛海峰　陈　江
编　　译：吴嘉格	装帧设计：云中设计事务所
责任编辑：肖　桓	内文排版：任尚洁
特约编辑：杨　凡	责任印制：赵　明　赵　聪
产品经理：于海娣	

北京联合出版公司出版
（北京市西城区德外大街83号楼9层　100088）
北京联合天畅文化传播公司发行
天津光之彩印刷有限公司印刷　新华书店经销
字数 56千字　710mm×1000mm　1/16　印张 11
2018年12月第1版　2018年12月第1次印刷
ISBN 978-7-5596-2680-6
定价：88.00元